AF311561

PETIT LIVRE

...USE QUAND MÊME...

LE
VOLUME
COMPLET
60
CENTIMES

Editions J. FERENCZI et FILS

ÉPOUSE QUAND MÊME

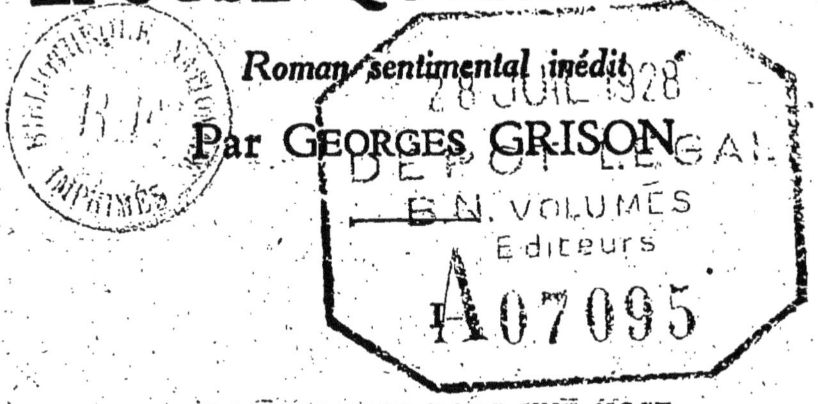

Roman sentimental inédit

Par GEORGES GRISON

UN GENDARME DANS UNE NOCE

— Dix heures vingt-six du matin. Avec une ponctualité digne d'éloges, le train venant de Saint-Lazare fit son entrée en gare de Ville-d'Avray.

Parmi les huit ou dix voyageurs qui s'arrêtaient, deux jeunes gens descendirent d'un wagon de premières qui était en tête, mais chacun d'un compartiment différent.

Le premier sauta à bas légèrement. C'était un grand jeune homme, brun, beau garçon, à la moustache en croc, à la tournure militaire. Il était coiffé d'un képi de cavalerie avec le double galon de lieu-

 842

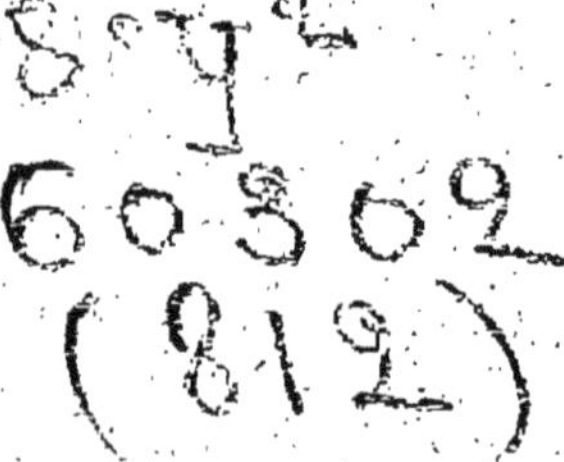

tenant et enveloppé d'un vaste cache-poussière qui ne laissait voir de son costume que le bas d'un pantalon bleu et des bottines vernies.

L'autre descendit péniblement, gêné qu'il était par deux énormes cartons qui s'obstinaient à ne pas passer par la portière du wagon. Un peu moins grand, mais plus carré d'épaules, il portait les cheveux courts et toute sa barbe d'un beau blond doré. Il était coiffé d'un chapeau de paille et vêtu d'un complet gris.

A sa vue, le grand brun eut un geste de surprise. Revenant sur ses pas, car il se dirigeait déjà vers la sortie, il courut à lui en s'écriant :

— Gaston !...

— Paul ! répondit l'homme aux cartons, avec une joie non dissimulée. Ah ! mon cher, tu tombes à pic. Tu vas m'aider à porter mes colis jusqu'à la maison.

— Avec plaisir, dit Paul, en s'emparant de l'un des cartons. Tout à ton service.

Ils remirent leurs tickets à l'homme d'équipe préposé à la sortie et franchirent la barrière.

— Mais dis donc, demanda Paul, est-ce que je me serais trompé ?

— En quoi ?

— C'est bien aujourd'hui que tu te maries ?

— A midi précis. A preuve que tu viens, comme je t'en avais prié, me servir de témoin.

— Et le jour de tes noces, tu arrives juste une heure et demie avant la cérémonie...

— D'abord je n'arrive pas, je reviens. J'ai quitté Ville-d'Avray ce matin à sept heures.

— Ah ! très bien ; une formalité oubliée ?...

— Non. Une simple commission pour ma belle-mère. Un chapeau et divers bibelots que sa modiste tardait à lui envoyer et que je suis allé chercher.

— Mais il me semble que, pour cela, un domestique aurait suffi.

— Oh! mon ami... s'écria Gaston. On voit bien que tu ne connais pas ma belle-mère. Elle n'a confiance qu'en moi.

— Confiance bien placée, dit Paul en riant, et toi, dis donc, tu l'aimes donc bien ta belle-mère?

— Moi?... je ne peux pas la sentir.

— Allons donc!

— La veuve Moulineau, mon cher Paul, n'est pas à sa place à Ville-d'Avray, on devrait l'envoyer dans le Sahara, pour servir de véhicules aux caravanes...

— Tu l'arranges bien!

— Et je ne suis que juste. Alors, vas-tu me dire pourquoi suis-je ainsi aux petits soins pour elle?... Eh! parbleu, c'est bien simple. N'est-ce pas d'elle que dépendait, que dépend encore jusqu'à midi, mon mariage avec sa fille, Régina, que j'adore autant que j'exècre l'auteur de ses jours?

— Je commence à comprendre.

— Voilà quatre mois, mon cher, que le supplice dure... quatre mois que je suis l'esclave soumis de Mme veuve Moulineau, ancienne droguiste rue des Lombards, à l'enseigne du *Pilon enchanté*... quatre mois que je marche de concessions en bassesses et de bassesses en turpitudes!

— Pauvre Gaston; dit Paul en riant de nouveau.

— Pauvre Gaston! tu peux le dire. Croirais-tu que moi, Gaston de Courthézon, vicomte authentique, dont les aïeux ont chevauché en Palestine, j'ai dû faire semblant d'arroser les plates-bandes et de mettre le vin en bouteilles, pour flatter les manies de cette ex-boutiquière?

— Bah!

— Hélas oui... par bonheur j'avais sous la main un garçon jardinier intelligent et discret qui, moyennant une jolie pièce de quarante sous...

— Accomplissait ta besogne...

— Enfin je touche à la délivrance. J'ai fait ce matin ma dernière corvée... Aujourd'hui, deux mai, à midi, Mlle Régina Moulineau ira à la Mairie pour en sortir vicomtesse de Courthézon. Demain, trois mai, la cérémonie religieuse complétera la cérémonie civile. Le soir, hélas!... dernière exigence de ma belle-mère, nous aurons à dîner tout le ban et l'arrière-ban des grotesques, ses amis... Mais le quatre au matin, mon vieux Paul, le quatre, en route pour la Suisse! Plus de Mme Moulineau!... c'est elle, si cela lui plaît qui arrosera les petits pois...

— Ah! ça, dis-moi, reprit Paul, et Cloclo?

— Cloclo?... elle ne sait rien... je l'ai quittée il y a trois semaines en lui disant que j'allais dans ma famille... en Touraine. Elle dort sur ses deux oreilles.

— Mais quand elle apprendra...

— Demain, quand tout sera réglé, je lui enverrai une lettre qui est toute prête... avec dix bons billets de mille... cela calmera sa douleur... Mais nous voilà arrivés. Rends-moi mon carton et pousse la grille.

— Ils se trouvaient en effet devant une villa fort coquette, semblable d'ailleurs à presque toutes celles des environs de Paris : une grille, un jardin, une maison au fond. La grille était peut-être un peu trop violemment dorée, mais le jardin était vaste, les arbres beaux et touffus, la maison élégante et spacieuse. Paul en conçut une très bonne opinion.

Deux messieurs à l'air grave se promenaient dans la grande allée. Gaston leur présenta son ami.

— M. Paul Brébières, lieutenant au 15e hussards qui est venu de Tours me servir de témoin. M. Champdeniers, ancien négociant, M. Airvault, notaire honoraire, amis de ma belle-mère et témoins de ma future...

On échangea des saluts.

— Dis-moi, Pierre, demanda Gaston au jardinier qui accourait, ces dames sont-elles prêtes?

— Elles n'attendaient plus que l'arrivée de Monsieur le Vicomte.

— Alors porte vite ces cartons à la femme de chambre. Moi je cours changer de vêtements. Tu viens avec moi, Paul?

— Oui, dit Paul en enlevant son cache-poussière et en apparaissant en uniforme. J'ai besoin d'un coup de brosse.

— Eh bien, je vais te donner ce qu'il te faut... mais il nous manque mon second témoin. Pierre?...

— Monsieur le vicomte? dit Pierre qui revenait.

— Mon oncle n'est pas arrivé?

— Pas vu personne, Monsieur le vicomte.

— Diable! il va être en retard. Mon oncle, le chevalier d'Aumagne, mon cher Paul, est un type curieux qui eût pu servir de modèle au *Vieux Marcheur* de Lavedan. Malgré ses soixante-deux ans bien sonnés, il a la rage de vouloir faire des conquêtes... je parierais qu'il est à courir après quelque cotillon.

— Bah!

— Tu verras si je me trompe. Mais allons vite nous préparer. Nous lui donnerons le temps d'arriver.

C'était agir sagement, car onze heures et demie sonnaient et les deux amis étaient depuis longtemps venus rejoindre MM. Champdeniers et Airvault, quand apparut à la grille un petit vieillard tout guilleret, tout pimpant, tout frétillant qui, le chapeau sur l'oreille, le stick à la main, frappa contre les barreaux en s'écriant :

— Me voilà !...

— Eh ! sapristi, mon oncle, d'où sortez-vous? dit Gaston, en s'apercevant que le chevalier était couvert de poussière...

— J'arrive à pied, de Saint-Cloud... j'ai voulu marcher un peu; il fait si beau!

— Et vous avez failli nous mettre en retard, car ces dames sont prêtes, je les entends...

— Excuse-moi mon cher; mais, figure-toi qu'il m'est arrivé une aventure...

— Qu'est-ce que je te disais? murmura Gaston à l'oreille de Paul.

Une petite femme délicieuse... continua le chevalier.

— Je vous crois. Mais dépêchons-nous. Pierre, un coup de brosse à mon oncle.

— Seulement, dit le vieillard, pendant que Pierre le brossait, l'aventure a failli tourner au tragique...

— Vite! vite! cria Gaston, en apercevant sur le perron Mme Moulineau qui lui faisait des signes...

L'ex-patronne du *Pilon enchanté*, forte femme à la figure ponceau, faisait craquer sous sa volumineuse corpulence une robe de satin vert émeraude. Sur sa chevelure, que la teinture avait rendu d'un noir de jais, se balançait majestueusement le chapeau apporté par son futur gendre.

Plus modeste dans sa toilette de foulard gris perle Régina était adorable. Brune comme sa mère, mais naturellement, elle était mince, élancée, fraîche et souriante; elle justifiait bien l'amour que Gaston avait conçu pour elle.

Les présentations se firent rapidement, car l'heure pressait. Paul s'empressa d'offrir son bras à la veuve qui se gonfla d'aise. M. Airvault, qui devait servir de père à la mariée, conduisit Régina. Gaston, le chevalier et M. Champdeniers suivaient ensemble.

La cérémonie fut aussi simple que possible. On réservait pour le lendemain les splendeurs décrétées par l'ex-droguiste. Le double « oui » fut prononcé, d'une voix triomphante par le marié, d'un ton beaucoup plus timide par Régina. Puis on revint à la villa où la table était dressée pour un déjeuner en plein air sous une tonnelle.

En historien véridique, il faut avouer que, pendant les dix premières minutes, tout le monde ne s'occupa que du repas. Mme veuve Moulineau prêchait d'exemple. MM. Airvault et Champdeniers ne restaient pas en arrière non plus que Paul et le chevalier à qui sa promenade de Saint-Cloud à Ville-d'Avray avait ouvert l'appétit. Gaston et Régina, eux-mêmes, bien qu'on prétende que l'amour nourrit, ne songeaient point à discourir.

La première faim apaisée, la conversation commença, naturellement par des félicitations unanimes aux nouveaux époux.

— Certes, dit Gaston, je suis heureux autant qu'il est permis de l'être... mais ma félicité serait encore plus complète, si, comme je l'avais demandé, le mariage religieux avait eu lieu aujourd'hui même.

— Vous savez bien, mon gendre, fit observer Mme veuve Moulineau, sans perdre un coup de fourchette, que cela ne se fait pas dans le monde... c'est petit, c'est mesquin, c'est peuple!...

— Peuple, tant que vous voudrez, belle-maman Je parle à mon point de vue.

— Et quelle est-il votre point de vue?

— J'en appelle à ces messieurs. Je suis dans une situation tout à fait fausse... marié sans être mari!...

— Et vous en êtes marri... dit en riant M. Champdeniers qui avait des prétentions à l'esprit.

— Je suis marié, continua Gaston et, néanmoins, il me faut pendant vingt-quatre heures encore considérer ma femme comme une étrangère, et garder pour moi toutes les jolies choses que j'aurais à lui dire...

— Le fait est, fit observer M. Airvault, que, dans une circonstance pareille, la situation du marié ressemble à celle de Tantale... de par la Loi il a tous les droits...

— Et de par l'Eglise il ne peut en user, ajouta Paul.

— Mon Dieu, Messieurs, quelles singulières idées vous faites-vous donc du mariage? s'écria la veuve en levant les yeux au ciel. Vous n'en voyez que le côté prosaïque, grossier, matériel...

— Eh! eh! murmura M. d'Aumagne, ce côté a bien son charme.

— N'est-il pas plus beau de considérer le mariage comme une pure union des âmes...

— Eh! vous me la baillez belle avec votre pure

union des âmes, dit Gaston. Il y a dans le mariage, certaines choses que je n'ai pas besoin d'énumérer, ici et qui...

— Fi! mon gendre vous me feriez croire... ne pouvez-vous attendre vingt-quatre heures?

— Eh! belle maman, il y a déjà trois mois que j'attends. Dame, quand on sent la coupe si près des lèvres... on voit bien que vous n'avez plus vingt ans, vous...

Mme Moulineau bondit. On ne sait quelle eût pu être sa réponse. Mais elle eut la parole coupée par l'arrivée du jardinier qui surgit en criant :

— Madame, il y a là un gendarme qui demande M. Gaston de Courthézon!...

II

CE QUE VENAIT FAIRE LE GENDARME

— Un gendarme?... s'écria Gaston stupéfait
— Un gendarme?... répétèrent les autres convives.
— Qu'est-ce que ce gendarme vient faire chez moi? demanda Mme Moulineau d'un ton de reine

offensée. Dites-lui qu'on n'a pas le temps de le recevoir !...

Pierre s'en alla à la grille, derrière laquelle on apercevait la silhouette du représentant de la Loi, planté raide comme un piquet.

Un court colloque eut lieu, puis Pierre revint.

— Eh bien? demanda la veuve.

— Il dit qu'il ne veut pas s'en aller, que l'affaire ne souffre aucun retard.

— Ah! c'est un peu violent!... s'écria Mme Moulineau qui devint tout à fait écarlate.

— Eh bien, allez le chercher ce gendarme, je vais lui parler, moi!...

Pierre retourna vers la grille.

A ce moment le chevalier d'Aumagne fut pris d'une violente quinte de toux, si violente qu'il dut se lever de table.

— Buvez quelque chose, cher monsieur, ça se passera, dit M. Airvault.

— Oui, tenez, dit M. Champdeniers en versant de l'eau dans le verre du chevalier.

— Non, non merci, je sais ce que c'est, articula péniblement celui-ci; je vais marcher; en marchant cela s'en ira... ne vous inquiétez pas de moi.

— A votre aise.

M. d'Aumagne s'éloigna, tenant sa serviette sur son visage. Pierre revenait avec le gendarme.

— Ah! çà, tonna la veuve en foudroyant de son regard le brave Pandore, qu'est-ce que c'est que cette intrusion chez moi?

— Faites excuses, répondit le gendarme en portant la main à son képi, mais j'ai des ordres à exécuter et moi je ne connais que ma consigne.

— Et cette consigne vous ordonne de venir nous déranger au milieu de notre déjeuner?

— Pas précisément, dit le gendarme avec malice. Le déjeuner n'y est pour rien; mais j'ai ordre de venir prévenir un nommé Gaston de Courthézon que monsieur le commissaire de police le demande.

— Moi? s'écria Gaston.

— C'est vous le nommé de Courthézon?

— Ah! çà, gendarme, soyez poli, riposta avec colère Mme Moulineau. Mon gendre n'est pas le nommé... il est le vicomte de Courthézon!...

— Je veux bien; mais ça n'empêche pas que M. le commissaire le demande.

— Et que lui veut-il votre commissaire? interrogea la veuve toujours irritée?

— Ça, je n'ai pas mission de le raconter; il doit bien le savoir, dit le gendarme en clignant de l'œil du côté de Gaston.

— Voyons, voyons, fit observer celui-ci, ce n'est pas possible; il doit y avoir erreur.

— Eh! que non!... tenez, reconnaissez-vous cette carte? demanda le gendarme en tirant de sa poche une carte de visite et en la présentant au jeune homme.

— Parfaitement, après?

— C'est celle que vous avez remise à l'employé...

— J'ai remis ma carte à un employé, moi?

— Vous le savez bien.

— Mais quand?

— Eh! ce matin... vous avez bien pris le train de dix heures vingt-six pour revenir de Paris?

— Parfaitement.

— Alors, vous vous souvenez bien de l'affaire?...

— Quelle affaire?...

Le bon gendarme était embarrassé. Il regardait tour à tour Mme Moulineau, Régina, il se gratta la tête et réfléchit.

— Voyons, parlerez-vous, à la fin? beugla Mme Moulineau dont le visage flamboyait à faire redouter une attaque d'apoplexie. Quelle affaire? Dans quelle affaire se trouve mêlé mon gendre le vicomte?

— Eh! pardié! dit le gendarme dont les bons gros yeux pétillèrent de la satisfaction d'avoir enfin trouvé le mot qu'il cherchait, l'affaire du... déraillement!...

— Ah! mon Dieu! s'écria la veuve, passant de la colère à l'apitoiement, il y a eu un déraillement... Et vous ne nous l'avez pas dit, mon gendre?

— Mais je vous assure, belle maman...

— Oh! vous avez couru des dangers... vous n'avez pas été blessé au moins? demanda Régina en pressant tendrement la main de son mari.

— Mais non, mais non... dit Gaston en profitant de la circonstance pour embrasser la charmante... du reste il doit y avoir une erreur... je n'ai vu aucun déraillement sur ma route... tu as vu un déraillement toi, Paul?

— Euh! euh! dit l'officier à qui le gendarme faisait des signes et qui, bien que ne comprenant rien à cet imbroglio, ne voulait pas être trop affirmatif, je crois... oui... peut-être...

— En voilà assez, dit fermement de Courthézon, depuis une heure nous jouons aux propos discordants. Il faut que cela finisse. Gendarme, dites à votre commissaire que je serai chez lui dans une heure...

— C'est que,... marmotta le gendarme en se grattant de nouveau l'oreille.

— Quoi, encore?

— Monsieur le commissaire m'a donné l'ordre de vous ramener tout de suite.

— Ah! c'est trop fort!... cria Gaston. Ah! c'est donc moi qui l'ai provoqué, sans le vouloir, ce fameux déraillement?

— Je ne le sais pas, dit le gendarme.

— Eh bien alors?

— Faites excuses, mais il faut que j'exécute ma consigne.

— Le gendarme est sans pitié, fit observer le joyeux M. Champdeniers.

— C'est juste, dit Gaston en se levant et en jetant sa serviette. Eh bien, j'y vais tout de suite, mais je vous fiche mon billet que je lui dirai ma façon de penser à ce commissaire-là!...

— Gaston, supplia Régina, ne vous mettez pas en colère... ne soyez pas trop violent.

— Non; je vais prendre des gants pour lui parler... j'en ai vu d'autres dans ma vie...

— Mon petit Gaston... mon mari chéri...

C'était elle qui l'embrassait, malgré la présence de tout le monde. Le gendarme mordait sa moustache d'un air narquois.

— Eh bien, oui, je serai calme, je serai poli, là... dit Gaston en embrassant lui aussi sa femme. Et pour commencer, gendarme, votre consigne vous permet-elle d'accepter un verre de bordeaux?

— Qu'elle ne me le défend pas, en tout cas, répondit le gendarme en saluant.

— Eh bien, à votre santé!

Il remplit deux verres et en porta un à ses lèvres.

— A la santé de toute l'honorable société, prononça gravement le bon Pandore en vidant son verre de bordeaux avec la gravité qu'il eût mise à accomplir la plus délicate de ses fonctions.

— En route maintenant, dit Gaston.

— Veux-tu que j'aille avec toi? demanda Paul.

— Non, merci; finissez de déjeuner... J'espère que je ne serai pas longtemps... mais où est donc mon oncle?

— Monsieur le chevalier était souffrant, il se promène, dit M. Champdeniers.

— C'est bon... allons, à tout à l'heure...

— Salut, mesdames et messieurs, dit le gendarme en faisant de nouveau le salut militaire. Monsieur de Courthézon, à vous l'honneur...

Ils franchirent la grille et s'éloignèrent.

A peine avaient-ils disparu que le chevalier d'Aumagne revenait.

— Tiens, ils sont partis? dit-il avec étonnement.

— Eh! oui, répondit Mme Moulineau, ce gendarme est stupide. Il nous a raconté des histoires à dormir debout. Le vicomte va heureusement éclaircir cela avec le commissaire.

— Diable... je regrette... dit le chevalier, j'aurais été l'accompagner...

— Je le lui ai proposé, il n'a pas voulu, dit Paul.

— Il a eu tort, grand tort... je connais Gaston...

il est vif, il est capable de s'emballer et pour une vétille, de dire au commissaire de ces choses...

— Qui compromettront tout, compléta M. Airvault.

— Surtout que ces fonctionnaires sont si susceptibles, ajouta M. Champdeniers.

— Mon Dieu! s'écria Régina, si on allait l'arrêter!

— Je voudrais bien voir ça! rugit la veuve dont le visage s'empourpra à nouveau.

— Eh! chère Madame, il faut si peu pour constituer une offense, dit M. Airvault. Je me souviens qu'un jour, ayant été volé par un de mes clercs, j'eus l'imprudence de dire que la police était mal faite : « Monsieur, s'écria le commissaire auquel je m'adressais, encore un mot comme celui-là et je vous dresse procès-verbal! »

— Oh! maman, maman, gémit Régina, si Gaston allait se mettre en colère... lui qui a promis de dire au commissaire sa façon de penser!...

— Que faire? s'écria la veuve.

— Si nous y allions?... proposa Régina.

— C'est une idée, dit Paul, allons-y tous ensemble.

— Et le déjeuner? risqua M. Champdeniers.

— Quoi? aurez-vous le cœur d'être à manger et à boire, pendant que mon mari s'expose?... moi je n'ai plus faim d'abord...

— Un moyen terme, dit M. Airvault, prenons le café au galop et partons...

— Soit, consentit Mme Moulineau, en appuyant sur le timbre d'appel. Le café, vite!... commanda-t-elle et allez me chercher mon ombrelle et mon chapeau.

Le café fut servi, bu aussi rapidement que le permettait son extrême température. Puis tout le monde se mit en route, la veuve au bras de Paul, Régina sans cavalier, afin, disait-elle, d'aller plus vite.

. . . .

III

CE QU'ÉTAIT LE DÉRAILLEMEDT

Pendant ce temps que devenait Gaston de Courthézon?

Renonçant à interroger de nouveau le brave gendarme dont les explications lui avaient paru complètement idiotes et invraisemblables, il s'était dirigé d'un pas rapide vers les bureaux du commissariat.

Ces bureaux étaient assez loin de la villa de la veuve Moulineau. Il fallait revenir jusqu'à la gare et faire un bon kilomètre avant d'y arriver.

Le commissariat n'avait pas un aspect trop effrayant. Il était, lui aussi, situé dans une villa, bien moins luxueuse que celle de l'ex-droguiste, mais fort agréable quand même. N'eût été le drapeau qui flottait au-dessus de la porte, on n'aurait jamais cru pénétrer dans un bâtiment officiel.

Le commissaire avait distribué son domicile selon les besoins du service. A droite du couloir d'entrée, son cabinet, dont les fenêtres disparaissaient sous la vigne vierge et les glycines. A gauche, en face, le cabinet du sous-secrétaire non moins pittoresquement encadré. Au fond, dans une vaste pièce, primitivement destinée à la salle à manger, et donnant sur le jardin potager, le bureau public, où se tenaient en permanence les inspecteurs.

Au-dessus étaient les appartements particuliers du commissaire.

Quand Gaston arriva, flanqué de son gendarme, ce fut d'abord dans le bureau du fond qu'on le fît entrer.

Il fut d'ailleurs reçu très poliment, on lui présenta une chaise, alors qu'un banc banal, en bois, est d'ordinaire réservé aux visiteurs. Puis, un des inspecteurs se levant lui annonça qu'il allait prévenir M. le commissaire et, qu'il serait introduit dans cinq minutes.

Non pas cinq, mais deux minutes s'étaient à peine écoulées que l'inspecteur reparaissant, lui faisait signe de le suivre et l'introduisait dans le cabinet du commissaire.

— Monsieur, dit Gaston à brûle-pourpoint, on m'a presque amené de force devant vous et j'ai tout lieu de supposer que c'est à la suite d'une erreur...

Mais le magistrat d'un air calme, lui désignant un fauteuil :

— Veuillez vous asseoir, Monsieur, vous êtes bien Monsieur Gaston de Courthézon?

— Parfaitement.

— Vous êtes inculpé d'une toute petite vétille, toute petite... mais que la loi, dans son rigorisme fâcheux, qualifie brutalement d'outrage aux bonnes mœurs.

— Moi! s'écria Gaston en bondissant.

— Là, là, ne vous emportez pas, reprit le commissaire, M. Verduret, qui était un bon gros homme à l'air plutôt jovial. Ne vous scandalisez pas de ce vocable barbare... eh! mon Dieu! ce qu'on vous reproche... c'est si humain... on n'est pas de bois, pardié!...

— Pardon, monsieur le commissaire, interrompit le jeune homme, en faisant ses efforts pour rester calme, je vous jure que je ne comprends pas un mot de cette énigme.

— Une énigme? demanda le commissaire surpris à son tour.

— Eh! oui... d'abord ce gendarme qui me parle de déraillement...

— Déraillement... ah! ah! charmant! délicieux! dit le commissaire en riant aux éclats... tiens, tiens, il a donc de l'esprit ce gendarme?

— Mais enfin, monsieur, m'expliquerez-vous?

— Mais je ne suis ici... ou plutôt, c'est vous qui n'êtes ici que pour ça... Voyons, procédons par ordre. Vous êtes bien M. de Courthézon.

— J'ai déjà eu l'honneur de vous le dire?

— Le vicomte Gaston de Courthézon?

— Oui, cent fois oui!...

— Bon. Vous avez quitté, ce matin, la gare de Saint-Lazare à dix heures précises, n'est-ce pas?

— Parfaitement.

— Nous sommes déjà d'accord sur un point; continuons. Dans le même train se trouvait une jeune et jolie voyageuse...

— Ça, dit Gaston, je n'en sais rien.

— Comment, vous n'en savez rien? elle était dans le même compartiment que vous?...

— Moi?... j'étais seul!...

— Ah! voyons, Monsieur de Courthézon?...

— J'étais seul, vous dis-je pendant tout le voyage.

— Ce n'est pourtant pas ce que dit le rapport de l'agent qui vous a surpris.

— Un agent qui m'a surpris?

— Eh! oui. Il est très clair, ce rapport. Voyez plutôt..

Le commissaire prenant sur sa table un papier, le tendit à Gaston en ajoutant :

— A un autre je ne le confierais pas mais à vous...

Gaston lut tout haut :

« L'an mil neuf cent vingt-sept, le 2 mai, nous soussigné Baptiste-Léon Bernard, agent assermenté de la Compagnie des Chemins de fer de l'Etat, attaché au contrôle des trains de Paris à Versailles...

« Etant, en cours de route, à dix heures quatorze du matin, entré dans un compartiment de première classe dans le but de vérifier les billets.. .

« Et ai trouvé dans ce compartiment, dont les stores étaient baissés, un monsieur et une dame qui se tenaient embrassés... »

— Là, vous voyez, interrompit le commissaire.

— Mais cela ne me concerne pas, fit observer Gaston.

— Continuez, cher monsieur, continuez...

— « A ma vue ils se sont vivement séparés, mais

je ne leur en ai pas moins déclaré que mon devoir était de dresser contravention. En vertu de quoi j'ai demandé leurs noms et prénoms, et le monsieur m'a remis une carte au nom de Vicomte de Courthézon...

— Eh bien, qu'en dites-vous? c'est limpide, fit le commissaire.

— Mais, s'écria Gaston, en jetant avec colère le procès-verbal, c'est une infamie!

— Allons donc, vous plaisantez?

— Un odieux mensonge?...

— Vous n'avez pas embrassé la demoiselle?

— Absolument non.

— Et vous n'avez pas remis votre carte... voyons, mon cher monsieur, voulez-vous être assez aimable pour me dire ce que c'est que ça? interrogea le bon commissaire en présentant une carte de visite.

— Eh! parbleu c'est une carte à mon nom. Je la connais, le gendarme me l'a déjà montrée.

— Eh bien, alors?

— C'est quelqu'un qui pour ne pas se dénoncer, a remis la carte d'un autre.

— Oui, c'est vrai... j'ai déjà vu ça dans un vaudeville, le *Bourreau des crânes*... même que j'ai bien ri, ce soir-là dit le commissaire. Mais nous ne sommes pas au Palais-Royal, ici, cher monsieur.

— On a joué la comédie au naturel, voilà tout, répliqua Gaston qui commençait à se rassurer.

— C'est bien possible après tout, fit le magistrat en réfléchissant. Eh bien, parole, mon cher monsieur de Courthézon, je le regrette... oui je le regrette pour vous; car elle est ravissante cette petite...

— Bah!

— Ravissante, et je ne vous cache pas qu'à votre place... à la place du délinquant, veux-je dire, je ne sais pas si... le mois de mai, le printemps, l'occasion, l'herbe tendre... Eh! eh! du reste vous allez la voir, car il faut que je vous confronte...

— Je le veux bien, dit Gaston, mais, abrégez, car je suis attendu...

— Ah! bah!

— Je me suis marié il y a deux heures.

— Tiens, tiens!... c'est donc ça que le gendarme, lorsque je lui ai donné l'ordre de vous rechercher... car à la gare, le contrôleur ne vous avait pas retrouvé, c'est donc ça qu'il m'a dit tout de suite qu'il savait où vous rencontrer. Et vous faites un beau mariage?...

— Je vous en prie, monsieur le commissaire, abrégeons.

— C'est juste, c'est juste, dit le bonhomme en frappant sur un timbre.

Un inspecteur parut.

— Amenez la demoiselle, ordonna le commissaire.

— Bien monsieur.

IV

L'ACCUSATRICE

Gaston attendait avec impatience. Mais cette impatience se changea en stupéfaction, quand la porte s'ouvrit... Deux exclamations se croisèrent :

— Cloclo!

— Gaston!

— Que disiez-vous donc? s'exclama le commissaire réjoui, vous prétendiez ne pas vous connaître?...

— Pardon, dit Gaston, je n'ai pas dit cela.

— Mais si, tout à l'heure...

— Je ne savais pas qui vous alliez faire entrer...

— Et maintenant vous avouez, hein?

— Mais non, pas plus qu'avant.

— Ah! fit le commissaire... Et vous, mademoiselle, reconnaissez-vous monsieur?

— Parbleu, dit Cloclo.

— Pour celui qui... en wagon...

— Ah! non pas pour celui qui... comme vous dites. Je connais monsieur, je le connais même beaucoup... mais, pour ce qui est d'avoir voyagé ensemble ce matin... il n'y a rien de fait....

— Taratata, mes enfants, dit le commissaire de police en haussant les épaules, je vois votre jeu... Parfaitement. Vous vous connaissez, vous n'avez pas pu le nier au premier moment... mais vous voulez maintenant jouer au plus fin avec moi... ça ne prend pas!...

— Je vous jure, commença la jeune femme...

— Ne jurez pas... Je vais vous soumettre à l'épreuve suprême... Le contrôleur Bernard n'est pas loin, mes tourtereaux... nous verrons bien ce que vous direz s'il vous accuse.....

— Eh! qu'il vienne le plus tôt possible, s'écria Gaston, j'ai hâte que cette histoire finisse...

— Il va venir, ne vous inquiétez pas.

Sur un nouveau coup de timbre, l'inspecteur parut.

— Le contrôleur? demanda le magistrat.

— Il est là-bas à fumer sa pipe.

— Courez vite le chercher.

— Bien, monsieur le commissaire.

L'inspecteur partit au galop.

Pendant qu'il va chercher le témoin, disons quelques mots de Mlle Cloclo, dont le nom a déjà été prononcé au début de ce récit et qui vient si inopinément d'apparaître.

Cloclo de son vrai nom, Clotilde Vétillard, était une jolie fille de vingt-cinq ans, blonde, grande et pas bête du tout. Ancienne modiste, elle avait jeté par-dessus les moulins les chapeaux qu'elle confectionnait pour les autres et s'était lancée dans la vie galante.

Gaston avait fait sa connaissance l'été précédent à Dieppe, où elle jouait aux Petits Chevaux. Ils étaient revenus ensemble et pendant six mois, ils ne s'étaient plus quittés.

Mais la rencontre de Régina Moulineau, dont Gaston était devenu amoureux fou, était venue jeter le trouble dans l'union libre. Voulant se marier, mais n'osant trop carrément, de peur d'un éclat, lâcher sa maîtresse, Gaston avait prétexté des raisons de famille, bien qu'il n'eût plus ni son père ni sa mère, et nous savons qu'il était censé en Touraine, ne comptant dire la vérité à Clotilde qu'au moment de son départ pour son voyage de noces.

On comprend donc leur surprise mutuelle en se retrouvant là, à Ville-d'Avray dans le cabinet du commissaire.

Comme le jovial magistrat s'occupait de ranger ses papiers, leur laissant toute liberté, Gaston s'approcha de Clotilde :

— Ah! çà, demanda-t-il, que fais-tu ici?

— Et toi, repartit Cloclo? c'est à toi qu'il faut poser la question. Tu me quittes pour aller chez tes parents au pays des pruneaux, et c'est à Ville-d'Avray que je te retrouve!...

— Oh! dit Gaston, c'est bien simple.

— Eh! bien, si c'est si simple que ça, dis-le-moi.

— C'est simple, très simple, répéta le jeune homme qui cherchait une explication. Tu connais bien Paul?

— Quel Paul?

— Paul Brébières, un grand brun, qui est officier de Hussards à Tours, justement qui est venu au bal de l'Opéra avec nous cet hiver...

— Ah! oui. J'y suis, après?

— Eh bien! il se marie.

— Ici?

— Oui et je lui sers de garçon d'honneur.

— Dis donc, emmène-moi à la noce?

— Es-tu folle? ce sont des gens très chic.

— Eh bien! insolent, t'imagines-tu que je ne sais pas me tenir en société?

— Je ne dis pas, mais voyons, à ton tour, ton histoire?

— Mon histoire... Oh! elle est bien simple, elle aussi. J'allais à Versailles, voir... une amie... un monsieur monte dans mon compartiment et me fait la cour... je l'envoie promener... il veut m'embrasser... c'est à ce moment que le contrôleur est entré...

— Et ce monsieur, où est-il?

— Il a filé à la première station, sans attendre son reste.

— Et qu'est-ce que je viens faire là-dedans, moi? Comment ce monsieur avait-il ma carte?

Cloclo haussa les épaules.

— Je n'en sais rien, dit-elle, ce n'est pas moi qui la lui ai donnée pour sûr!...

L'entretien fut interrompu par l'entrée de l'inspecteur qui ramenait le témoin.

— Ah!· dit le commissaire. Voilà le critérium. Témoin, Bernard, vous avez reconnu mademoiselle. Reconnaissez-vous son complice maintenant?

Le contrôleur regarda Gaston.

— Ce monsieur-là? demanda-t-il, jamais de la vie. L'autre, était plus vieux, plus maigre. C'est pas ça du tout.

— Monsieur de Courthézon, dit le commissaire.

en s'inclinant, il me reste à vous faire mes excuses du dérangement que je vous ai causé. Vous pouvez allé retrouver votre noce.

— Pardon, monsieur le commissaire, dit l'inspecteur en ouvrant la porte du cabinet. Ce sont des messieurs et des dames qui demandent M. de Courthézon...

— Faites entrer, faites entrer, s'écria le commissaire voulant faire preuve de complaisance et être agréable à son ex-inculpé.

Mme Moulineau, Régina, Paul, MM. Champdeniers, et Airvault firent irruption dans le cabinet.

— Eh bien, mon gendre! demanda la plantureuse veuve.

— Eh bien, mon mari! dit tendrement Régina.

Tout est expliqué, dit vivement Gaston. Retournons vite déjeuner.

Mais aux mots de gendre et de mari, Cloclo avait bondi. Bousculant tout le monde elle frappa du poing sur le bureau du commissaire.

— Pardon, monsieur, dit-elle d'une voix éclatante je vous ai menti. C'est parfaitement M. de Courthézon qui a été surpris en wagon avec moi ce matin.

V

ENTRE LA COUPE ET LES LÈVRES

Les trompettes du Jugement dernier, quand elles retentiront dans la vallée de Josaphat, ne feront pas autant d'effet que cette déclaration fulgurante.

— Surpris en wagon! s'exclama Mme Moulineau.

— Ce matin! répéta Régina.

— Eh! oui, mes belles dames, dit Cloclo avec le plus grand calme... Gaston et moi, nous avons été pincés ce matin, batifolant dans le train... c'est un petit malheur; mais qu'y faire? cela ne regarde que nous, au bout du compte.

— Gaston! elle a dit Gaston! gémit Régina atterrée.

— C'est scandaleux cria la veuve.

— N'écoutez pas cette femme, elle est folle... dit Gaston, en voulant entraîner Mme Moulineau, venez, belle-maman, venez...

— Folle! Oh! que non pas! repartit Cloclo en ricanant. Monsieur le commissaire, dites donc à cette brave dame ce que contient le rapport du contrôleur ici présent.

— Mais le témoin n'a pas reconnu M. de Courthézon, fit observer le commissaire abasourdi.

— Il a la berlue le témoin, répliqua Cloclo. Je crois que j'en sais autant que lui, n'est-ce pas? Je connais bien mon Gaston, depuis le temps que nous sommes ensemble...

— Ensemble! vous étiez ensemble! s'écria Mme Moulineau qui suffoquait, tandis que Régina fondait en larmes.

— Eh! oui, ma grosse mère, dit effrontément Clotilde, que trouvez-vous d'étonnant à cela? ne sommes-nous pas un couple bien assorti, mon petit Gaston et moi?...

— Oh! maman, partons, partons! dit la pauvre Régina en se jetant dans les bras de sa mère.

— Aussi ai-je été très contente, quand, ce matin, il est venu me prendre pour faire route avec lui; et, ma foi, dans le wagon, avant de nous séparer, comme nous nous aimons bien...

— Te tairas-tu, vipère? dit Gaston en lui saisissant le bras. As-tu fini tes infamies?...

— Eh! répliqua Cloclo, tu n'appelais pas ça une infamie, ce matin, mon gaillard. Et si ce brave contrôleur ne fût pas venu nous déranger...

— Ah! je comprends tout maintenant tonna Mme Moulineau, en levant les bras au ciel dans un mouvement qui fit craquer sa robe de soie... Ah! monstre!... Ah! débauché! le jour même de vos noces!... Vous êtes le satyre de Ville-d'Avray!

— Mais sur ce qu'il y a de plus sacré!... commença Gaston.

— Taisez-vous, âme de boue!... et vous aviez l'audace de vous plaindre d'être marié sans être mari, disiez-vous!... vous réclamiez la cérémonie immédiate à l'Eglise! vous gémissiez sur votre jeûne... vous l'observiez singulièrement votre jeûne... Monsieur prenait un apéritif avec Mademoiselle!...

— Belle-maman, écoutez-moi...

— Je ne suis plus votre belle-maman, monsieur, je vous renie et je reprends ma fille!...

— Ah! par exemple!..

— Oui je la reprends. Viens, Régina, viens ma pauvre enfant, viens te réfugier dans le sein d'une mère qui te préservera contre la corruption de ce malfaiteur...

— Madame Moulineau... Régina... permettez-moi de vous expliquer...

— Nous expliquer!... Ah! ah! ah! ricana la veuve. Il ne manquerait plus que cela!... nous expliquer quoi? Les détails de votre scène d'orgie avec cette dévergondée?

— Dites donc, vous, la grosse, faudrait voir à être plus polie!... dit Cloclo.

— Ah! je comprends maintenant ce que vous vouliez dire avec votre déraillement!... poursuivit Mme Moulineau avec un rire amer... le mot est juste et bien trouvé, Monsieur... Parbleu oui, vous aviez déraillé... du sentier de la vertu et du devoir!...

— Maman, je t'en supplie... implora Régina, qui se sentait à bout de forces...

— Mais, continua la brave dame, qui, une fois lancée ne s'arrêtait plus, votre punition suivra de près votre crime! vous voilà arrêté et j'espère qu'on ne va pas tarder à vous envoyer en prison... N'est-ce pas, Monsieur le commissaire?

— Euh! euh! fit le magistrat... il faut voir... l'affaire me paraît un peu embrouillée...

— Comment embrouillée? répliqua vertement la veuve. Elle est claire comme de l'eau de roche, au contraire... Ai-je besoin de vous rappeler à votre devoir?

— Je vous ferai remarquer, Madame, dit le commissaire un peu vexé, que je suis ici chez moi et que vous abusez un peu de la complaisance que j'ai mise à vous laissez assister à mon enquête...

— Dites donc tout de suite que vous me chassez!... Hein!... Eh bien non, monsieur, vous n'en avez pas le droit, car nous sommes ici, ma fille et, moi, les plaignantes, les victimes!...

— As-tu fini? dit Cloclo qui se tordait de rire.

— Nous laisserez-vous insulter ainsi? clama Mme Moulineau.

— Voyons, dit le commissaire, qui d'abord amusé par la scène tragi-comique qui se déroulait dans son cabinet commençait à la trouver un peu longue. Voyons, il faut en finir. Mademoiselle Clotilde Vétillard, vous reconnaissez avoir été embrassée dans le chemin de fer?

— Je te crois, mon petit père... Oh! pardon, Oh! pardon, Monsieur le commissaire, c'est que voyez-vous... ce souvenir si doux...

— Oh! la gredine!... murmura Gaston.

— Comment, un homme qui allait se marier?... fit observer le commissaire, d'un ton scandalisé.

— Eh! justement... Il se mettait en train... comme l'a très bien dit la vénérable dame ici présente, c'était un apéritif en attendant la pièce de résistance...

— Mme Moulineau eut un mouvement pour sauter à la gorge de Cloclo. Mais un gémissement douloureux la retint, Régina venait de se trouver mal.

Instinctivement, Gaston s'élança pour la soutenir. Mais Mme Moulineau le repoussa si violemment qu'il faillit perdre l'équilibre.

— Arrière ! hurla-t-elle. N'approchez pas, Lovelace !... ne souillez pas de votre contact cette âme virginale !... Faublas !...

— Mais enfin, belle-maman...

— Je vous ai déjà dit que je ne vous connaissais plus. Je ne veux rien avoir de commun avec un assassin !... car vous êtes un assassin; monsieur, vous tuez ma fille !...

— Ne l'excite pas, murmura Paul, à l'oreille de son ami. Tu vois bien qu'elle est montée sur ses grands chevaux... Attendons que l'accès soit passé.

— Vous feriez mieux de vous retirer, Monsieur, conseilla le notaire honoraire, qui était un homme pacifique. Votre présence ne fait qu'aggraver la situation...

Gaston jeta un regard désolé sur sa jeune femme qui était soutenue par M. Champdeniers et à qui sa mère tapait dans les mains. Puis il fit quelques pas vers la porte.

— Pardon, dit le commissaire, ne vous en allez pas encore. Nous avons à causer ensemble.

— J'obéis, répondit le jeune homme en se laissant retomber sur son fauteuil.

Cependant, sur le conseil de Paul Brébières, MM. Champdeniers et Airvault emportaient Régina dehors. On la plaça dans le jardin sur un banc... La terrible Mme Moulineau sortit la dernière en foudroyant son gendre d'une suprême injure :

— Barbe-Bleue!

Gaston resta dans le bureau avec le commissaire, Cloclo et le contrôleur que cette scène avait complètement ahuri.

— Eh bien, dit le brave magistrat, vous en avez fait de belles, Mademoiselle... Enfin, puisqu'il en est ainsi, terminons rapidement notre enquête... nous disons donc que vous reconnaissez M. de Courthézon?

— Moi? fit Cloclo... cela dépend.

— Hein, s'écria le commissaire, vous dites?

— Je dis que comme mon amant je le reconnais parfaitement. Mais comme mon pseudo-séducteur il n'y a rien de fait.

— Mais vous disiez tout à l'heure...

— Eh! tout à l'heure, j'étais énervée par cette vieille hippopotame qui nous assourdissait par ses « mon gendre » par-ci, « mon gendre » par-là... alors j'ai voulu lui en boucher un coin, comme on dit dans le grand monde et lui faire voir que je connaissais son gendre, et un peu mieux qu'elle, je m'en flatte!...

— Alors?

— Alors, la vérité vraie, c'est que je n'avais pas vu M. Gaston depuis trois semaines, quand j'ai eu le plaisir tout à l'heure de le rencontrer dans votre bureau...

— Mais, c'est un faux témoignage que vous avez commis là! s'écria sévèrement le commissaire.

— Eh! non, monsieur, c'est une blague, une simple blague. D'ailleurs vous ne l'avez pas notée sur votre papier, dit la jeune femme en désignant du doigt sur le bureau le procès-verbal sur lequel, en effet, rien n'avait été inscrit depuis l'intrusion de Mme Moulineau et de sa suite. Vous en étiez resté à mes dénégations et au témoignage concluant de notre brave ami le contrôleur... des wagons de l'Etat.. Arrêtez là vos écritures et que ça finisse...

— Vous vous rétractez formellement?

— Tiens, puisque je vous dis que c'était une farce!

— Une farce, dit amèrement Gaston, qui m'a peut-être irrémédiablement brouillé avec ma nouvelle famille.

— J'en ai le trac, répondit Cloclo, mais ne te plains pas, ingrat, puisque je te reste!...

— Ah! pour cela non, par exemple! s'écria le jeune homme.

— Enfin, dit le commissaire, monsieur de Courthézon, vous niez?...

— Formellement, prononça Gaston.

— Mademoiselle, vous dites?

— La même chose que lui, chantonna Cloclo.

— Et vous, témoin, Bernard?

— Ce n'est pas là mon délinquant!

— Donc, prononça le commissaire, monsieur de Courthézon vous êtes libre. Il me reste à vous faire mes excuses de tout l'ennui que je vous ai causé. Mais vous conviendrez qu'au milieu de tout cet imbroglio, la recherche de la vérité était bien difficile.

Gaston, sans même remercier le commissaire, s'inclina et se dirigea vers la porte.

— Et moi, demanda Cloclo?

— Vous, je devrais vous garder. Mais, comme, après tout, selon les apparences, vous n'êtes pas la plus coupable, je me contenterai de garder votre adresse et de vous prier de vous tenir à ma disposition, si j'ai besoin de vous.

— Tant que cela vous fera plaisir, dit Cloclo en lançant une œillade au bon commissaire...

— Eh! murmura celui-ci, je regrette, ma parole, de n'avoir pas été à la place du coupable inconnu.

Puis tout haut :

— Je crois que vous agirez prudemment en restant ici quelques minutes. M. de Courthézon m'a l'air fort irrité et...

— J'allais vous en prier, Monsieur, dit Cloclo avec une nouvelle œillade... si même quelqu'un voulait m'escorter jusqu'à la gare, pour éviter un scandale...

— Vous pouvez vous en aller, témoin Bernard, dit le commissaire, en désignant la porte au contrôleur.

*   *   *   *   *   *   *   *   *

Gaston s'était élancé hors du bureau. Mais, dans le jardin, il ne trouva plus que son ami Paul Brébières.

— Où sont-elles? interrogea-t-il anxieux.

— Ta belle-mère et ta femme? Parties avec leurs deux témoins.

— Ah! mon ami, tout est éclairci. Mon innocence est reconnue... Il faut que je coure leur dire, leur expliquer...

— Hum! fit Paul. Ta belle-mère est bien mal disposée. Enfin, essayons...

Ils pressèrent le pas et ne tardèrent pas à rejoindre le cortège. Mme Moulineau gesticulant, suivie de Régina soutenue par M. Champdeniers et M. Airvault.

— Enfin, c'est fini, s'écria Gaston. Belle-maman j'accours vous dire...

— Mais la belle-mère se retourna comme un chat à qui on aurait marché sur la queue...

— Encore ce satyre! hurla-t-elle.

— Oui, je viens vous expliquer...

— Rien du tout. Pour arriver à ma fille il faudrait me passer sur le corps!

— Bigre! murmura Paul, ce ne serait pas à faire!

— Mais la cérémonie de demain?...

— Il n'y a plus de cérémonie. Hors d'ici, vous dis-je! A moi! Au secours! A l'assassin!

— Allons-nous-en, conseilla Paul en prenant le bras de Gaston. Elle va ameuter tout le pays. Nous reviendrons voir demain si elle est un peu calmée... Après tout, tu es marié à la mairie. C'est le principal; le reste viendra après.

Gaston le suivit en soupirant. Comme ils arrivaient à la gare, Paul eut un cri de surprise :

— Tiens, regarde donc, dit-il, Cloclo qui monte en wagon, là-bas avec le commissaire... En voilà un qui ne perd pas son temps....

VI

CŒURS ENDOLORIS

— Ah! la coquine, dit Gaston, si je la tenais!...

— Le fait est qu'elle t'a joué un bien vilain tour. Mais c'est aussi de ta faute... pourquoi ne pas l'avoir prévenue?

— Elle m'aurait fait manquer mon mariage un mois plus tôt.

— Cela aurait peut-être mieux valu que de te le couper en deux aujourd'hui.

— C'est elle, dit Gaston, que je voudrais couper en deux... tiens, j'ai envie de la guetter au sortir de la gare, et...

— Pas de bêtises, elle est sous la protection de l'autorité. Laisse-moi agir, va... et méprise-la, c'est encore le plus sage...

— A propos, s'écria Gaston, et mon oncle?

— Ton oncle? ma foi, je ne sais pas ce qu'il est devenu. Il était parti avec nous pour aller au commissariat. La scène qui a commencé dès notre entrée m'a tellement abasourdi que je n'ai plus pensé à lui.

— Il a dû prendre peur et s'enfuir.

— Il y avait de quoi. Dès le premier mot ta chère belle-mère est partie en guerre comme une furie... nom d'un bleu! en voilà une que je ne regretterais pas à ta place!...

— Et! ce n'est pas elle que je regrette...

— Je l'espère bien. Mais si Mlle Régina t'aime comme semblent le démontrer toutes les apparences, sois sans crainte.

— Sa mère la domine tellement!

— Peuh! la petite doit avoir, elle aussi, son caractère...

Enfin, nous verrons. Pour ce soir, je ne te lâche pas; je t'emmène dîner au restaurant et passer la soirée au théâtre... Oh! ne dis pas non, il ne faut faut pas que tu restes seul. Allons c'est entendu, et demain, nous commençons l'assaut...

Le programme fut suivi. Mais Gaston, tout à son chagrin, toucha à peine aux mets choisis que lui fit servir son ami, n'écouta pas un mot de la pièce que Paul le mena entendre au Palais-Royal et ne ferma pas l'œil de la nuit quand il fut couché.

Le matin il se leva brisé.

— Ah! çà, tu n'as donc pas pour deux liards d'énergie? demanda Paul qui était venu le chercher. Heureusement je suis là, moi, et je vais tenir tête à la terrible Mme Moulineau. D'abord, tu es dans ton plein droit. Tu es marié. Tu peux, au besoin, requérir la force armée pour faire venir ta femme au domicile conjugal...

— Ah! non, par exemple! s'écria Gaston.

— Je pense bien qu'il ne faudra pas avoir recours à la justice... Je suis sûr que la nuit aura porté conseil à la veuve Moulineau, comme à bien d'autres et que nous n'aurons qu'à nous rendre à l'église pour terminer ton mariage... Enfin, allons voir. Nous ne pouvons, pour le moment, que faire des suppositions.

— Si nous allions, songea Gaston, trouver mon oncle qui nous appuierait de son apparente sagesse de vieillard?

— Bonne idée. Allons le chercher.

Ils se rendirent rue de Miromesnil, au domicile du chevalier, qui occupait là une gentille garçonnière.

Ils sonnèrent. Ce fut le chevalier qui vint lui-même leur ouvrir.

Mais il était méconnaissable.

Oui, méconnaissable. La jolie perruque poivre et sel, si bien bouclée, qui rajeunissait de cinq ans, au moins, le vieux séducteur, avait disparu, laissant voir son crâne absolument chauve. D'énormes conserves rondes, larges comme des écus de cinq francs, masquaient ses yeux pétillants. Enfin, une bande de taffetas d'Angleterre, collée sur sa joue droite, lui faisait une balafre de l'effet le plus disgracieux.

— Bon Dieu, mon oncle! s'écria Gaston, que vous est-il donc arrivé?

— Ah! mon cher enfant, ne m'en parle pas, dit le chevalier d'une voix sourde et pâteuse... c'est une véritable déveine... ce déjeuner... hier... j'avais chaud... tu sais... alors sous ces arbres... une épouvantable névralgie...

— Oui, je sais, répliqua Paul. Mais vous alliez mieux, quand nous sommes partis tous ensemble pour aller réclamer Gaston...

— Mieux? dit le chevalier, allais-je mieux?... oui, en effet... je croyais avoir pris le dessus... mais en route, ça m'a repris. Je n'ai eu que le temps de courir à la gare pour rentrer me coucher... et après une nuit... quelle nuit.

— Et nous, dit Paul, qui venions vous prier de nous accompagner à Ville-d'Avray pour voir Mme Moulineau qui prétend rompre le mariage.

— Rompre le mariage! s'écria M. d'Aumagne, et, sous quel prétexte?

— Oh! ce serait trop long à vous raconter... Pouvez-vous venir, oui ou non?

— Vous n'y songez pas!... j'attends le médecin...

— Eh! bien, au revoir. Nous nous passerons de votre appui. Viens, Gaston. Nous n'avons pas de temps à perdre pour attraper le train.

Il salua et s'en alla, suivi de Gaston qui était abasourdi de ce qu'il venait de voir.

Ils arrivèrent juste à temps pour monter en wagon et peu après, il débarquaient à Ville-d'Avray.

A la gare, nouvelle surprise. Elle était pleine de gens en habit de fête, mais dont la figure était convulsée par la colère.

C'étaient les invités de Mme Moulineau, venus pour assister à la messe de mariage et au festin et qui avaient trouvé la porte de la villa fermée, et munie d'un écriteau annonçant que le mariage n'avait plus lieu.

On avait bien en effet pu prévenir le curé et le traiteur, mais le temps avait manqué pour avertir tous les invités.

On juge de leur déconvenue, de leur fureur!

— Saperlotte, dit Paul, la terrible belle-mère a fait des siennes !

— Hélas ! soupira Gaston.

— Elle a un certain aplomb de déclarer rompu un mariage célébré hier dans toutes les règles... Pourtant je crois que le moment serait mal choisi pour aller entamer des pourparlers... Attends-moi. Il ne faut pas que tu paraisses. Va m'attendre au Café du Commerce, dans le bourg. Moi, je vais aller rôder dans les environs de la villa... Je me rendrai compte de la situation et de ce que nous pouvons avoir à faire.

Gaston, qui avait peine à retenir ses larmes, partit pour le Café du Commerce. Paul se dirigea tranquillement vers la villa Moulineau.

Comme les invités, il trouva la porte fermée. Il lut avec un haussement d'épaules, l'avis placardé...

— Essaierai-je d'entrer quand même ? se demanda-t-il.

Mais il n'eut pas le temps de frapper. La porte de la villa venait de s'entr'ouvrir pour livrer passage à un homme que l'officier reconnut pour Pierre, le jardinier.

— Voilà mon affaire, se dit-il.

Il alla à lui :

— Vous me reconnaissez ? interrogea-t-il

— Parbleu, monsieur, vous êtes l'ami de monsieur le vicomte...

— Et où allez-vous ?

— Passer une dépêche de M. Champdeniers, pour dire qu'il ne rentrera pas chez lui ce soir encore.

— Il est donc resté à Ville-d'Avray ? interrogea Paul Brébières.

— Et M. Airvault aussi. Toute la soirée, ils ont combiné des plans avec Mme Moulineau.

— Des plans?

— Oui, pour faire casser le mariage commencé.

— Ce ne sera pas si facile qu'ils peuvent le croire, dit l'officier.

— C'est l'opinion de M. Airvault qui a été notaire et connaît les affaires. Mais M. Champdeniers est allé dans la soirée d'hier voir un M. Sauvaget, avoué, qui lui a conseillé de s'adresser à un M. Isidore qui, paraît-il, est un malin et entreprend les divorces à forfait.

— Et Mlle Régina, que fait-elle?

— Oh! la pauvre demoiselle! depuis hier soir, monsieur, elle pleure que c'est à fendre l'âme.

— Elle pleure?

— Elle en fera une maladie pour sûr.

— Alors elle aime encore Gaston?

— Tiens, c'te bêtise!... d'abord, l'histoire qu'on raconte, c'était le matin... avant le mariage, par conséquent... alors, quoi?

— Il y a même mieux, mon brave Pierre, cette histoire comme vous dites, elle n'a jamais existé.

— Pas possible! s'écria le jardinier tout joyeux.

— C'est une méchanceté d'une ancienne maîtresse, une jalousie, pour faire manquer le mariage...

— Eh! bien, elle y a eu la main... Alors M. Gaston n'est pas arrêté?

— Pas le moins du monde; le commissaire de police lui a fait ses excuses.

— Voyez-vous cela. Et la patronne ne sait donc pas cela?

— Je venais pour lui apprendre. Mais il était trop tard... l'esclandre était fait... seulement...

— Seulement quoi? dites, monsieur?

— Si Mlle Régina savait la vérité vraie, eh! bien M. de Courthézon serait bien content, car vous pensez bien qu'il n'y a qu'elle qui l'intéresse.

— Eh! s'il ne faut que cela, je veux bien me charger de le lui dire, moi.

— Vous feriez cela, Pierre?

— Quand ce ne serait que pour faire enrager la vieille et faire plaisir à M. Gaston.

— Eh! bien, attendez, dit Paul en tirant de sa poche un petit bloc-notes sur lequel il écrivit quelques mots.

— Tenez, ajouta-t-il, en arrachant la feuille et en la tendant au jardinier, lisez.

Pierre lut :

« Gaston a été la victime d'un complot. Il est
« innocent. Pierre vous expliquera tout. Gaston vous
« aime plus que jamais et vous supplie de ne pas
« l'oublier. »

— Ça colle, dit le jardinier après avoir lu. Soyez tranquille, monsieur. D'ici un quart d'heure, mademoiselle aura le poulet.

— Merci, mon ami, répondit Paul en lui serrant la main et en lui glissant une pièce de quarante sous.

— Oh! monsieur, ce n'est pas la peine! s'écria Pierre en serrant la pièce dans son gousset... mais s'il y avait une réponse?

— Connaissez-vous dans le bourg le café du Commerce?

— Certes oui.

— C'est là que Gaston m'attend. Aurez-vous le temps de venir...

— Si je ne l'ai pas, je le prendrai. Soyez tranquille!

Laissant le jardinier rentrer, Paul reprit à grandes enjambées le chemin du café où son ami l'attendait.

— Eh! bien? interrogea Gaston en le voyant entrer la figure rayonnante.

— Sois heureux, elle t'aime toujours.

— Comment le sais-tu?

Paul lui raconta ce qui s'était passé.

— Ah! merci, s'écria le pauvre garçon un peu réconforté... mais... s'il ne pouvait pas remettre ton billet...

— Sois tranquille, du reste, nous allons être fixés vite, car j'aperçois mon messager qui revient au galop...

VII

PLANS DE CAMPAGNE

— Sapristi, mon brave Pierre, vous n'avez pas été longtemps dit Paul Brébières en voyant le jardinier entrer comme une trombe dans le café; avez-vous réussi au moins!

— Pleinement, dit Pierre... Ah! pardon, monsieur le Vicomte, j'ai l'honneur de vous saluer, vous allez bien?

— Très bien, dit Gaston. Mais parlez, parlez vite. Que s'est-il passé?

— Dame, commença le jardinier, vous savez ce qu'a fait Mme Moulineau, n'est-ce pas?...

— Mais Régina, Régina? interrompit Gaston avec impatience.

— Eh bien, Mlle Régina, je lui ai porté le billet que Monsieur m'avait donné pour elle... ça n'a pas été trop difficile... la femme de chambre était auprès de Mme Moulineau qui avait fini sa corvée et se faisait déshabiller. Alors donc je me suis glissé à la porte de Mademoiselle...

— Que faisait-elle? interrompit Gaston.

— J'ai frappé, continua Pierre, « Entrez »

qu'elle me dit. Alors j'ouvre et je la trouve qui s'essuyait les yeux avec son mouchoir.

— Chère Régina? s'écria Couthézon avec transport.

— Mademoiselle, que je dis, je vous apporte des nouvelles...

« — De « lui » ? qu'elle me répond, je n'en veux pas. C'est un imposteur et un traître »...

— Oh! gémit Gaston, en serrant les poings.

— Attendez donc. Vous vous trompez, Mademoiselle, que je lui dis. D'ailleurs, lisez ce mot de billet, il vous apprendra quelque chose. Et comme elle le repoussait... Ce n'est pas de M. le Vicomte, c'est de son ami, que j'ai dit.

— Alors, elle l'a pris et elle l'a lu. « Vraiment qu'elle s'est écriée... ce n'était pas vrai? dis Pierre, dis? » Moi, n'est-ce pas, je lui ai raconté ce que Monsieur m'avait dit. Elle a été bien contente allez, elle ne pleurait plus. « Va, mon bon Pierre, qu'elle m'a dit, dis-lui que, moi aussi, je l'aime toujours et que, si je peux convaincre maman de son innocence... » comme la femme de chambre revenait, je me suis tiré des pieds et me voilà...

— Eh bien, qu'en dis-tu? demanda Paul.

— Je dis que je vais aller la voir pas plus tard que tout de suite! s'écria Gaston en se levant.

— Es-tu fou?

— Pas le moins du monde.

— Et Mme Moulineau?

— Eh! je me moque bien de Mme Moulineau!... Régina m'aime encore. C'est tout ce qu'il me faut, elle est ma femme après tout... personne n'a le droit de se placer entre elle et moi...

— C'est possible, mais ce droit, ta belle-mère se l'arroge.

— Qu'elle aille au diable... Si elle me barre le passage, tant pis pour elle:...

— Turlututu!... dit Paul. Tu bats ta belle-mère... Régina arrive... Elle assiste à ce beau spectacle... et alors tout ce que nous venons de faire, Pierre et moi, besogne inutile. Toute notre diplomatie est perdue...

— C'est vrai, murmura Gaston avec accablement. Mais alors que faire?

— Attendre et en attendant commencer par nous en retourner à Paris, le plus vite possible. Et déjeuner, déjeuner surtout, car si, en ta qualité d'amoureux, tu n'as pas faim, moi, en revanche, ce voyage m'a rudement ouvert l'appétit. Il va falloir que tu me paies un déjeuner solide.

— Soit, dit Gaston en soupirant. Mais si vous la voyez, Pierre, dites-lui bien...

— Eh! voilà l'heure du train, interrompit Paul en tirant sa montre. A demain Pierre, nous reviendrons demain matin et, s'il y a encore moyen...

— Il y aura moyen, dit le jardinier. J'avertirai Mademoiselle...

— Houste! houste! le train arrive! cria Paul en poussant son ami, et jetant une coupure de cinq francs sur la table, il dit au jardinier :

— Tenez, Pierre, voilà pour régler la dépense... vous garderez le reste pour vous.

— Merci bien; à demain, messieurs.

— A demain!...

Les deux amis coururent à la gare et eurent juste le temps de sauter dans un wagon où, tout poussié-

reux, avachis et navrés, avaient pris place les der-
niers débris de la noce.

— Pas un mot devant ces gens-là!... murmura Paul
à l'oreille de son ami. S'ils nous reconnaissaient ils
nous mettraient en pièces.

Le voyage se fit silencieusement. Les invités déçus
ayant épuisé le vocabulaire de leurs malédictions,
Gaston et Paul réfléchissant.

En débarquant à la gare Saint-Lazare, Paul déclara qu'il n'en pouvait plus et entra au Terminus
pour déjeuner.

Gaston le suivit docilement..

Le pseudo-marié était dans un état d'âme com-
plexe.

Encore navré des événements qui étaient venus se
jeter à l'encontre de son bonheur, il était ravi et
presque consolé par la nouvelle que Régina l'ai-
mait encore.

Brébières, sans perdre une minute, commanda le
menu du déjeuner : hors-dœuvre, œufs pochés, poulet sauté aux tomates, morilles et un solide bifteack
pour réparer, dit-il, ses forces perdues.

— Et maintenant, commença-t-il, quand son appétit fut un peu apaisé, tenons conseil sur ce que
nous allons faire. As-tu une idée?

— Ma foi, non, répondit ingénument Gaston.

— Je m'attendais à cette réponse, dit l'officier en
riant. Heureusement que je suis là, moi.

— C'est vrai, mon cher Paul, j'oubliais de te remercier pour ce que tu viens de faire pour moi. Tu
m'excuses, n'est-ce pas?

— Ne parlons pas de cela. Ce n'est qu'un prélimi-

naire, une escarmouche. Il faut songer à la bataille
sérieuse. Tu n'as pas d'idées, moi j'en ai plusieurs,
Il ne s'agit que de choisir...

— Parle, dit Gaston.

— Hier soir, après la jolie espièglerie de Mlle Cloclo, tout semblait désespéré. La belle-mère furieuse,
Régina froissée à la fois dans son amour et dans sa
dignité...

— Hélas!...

— Ne soupire pas. Aujourd'hui ça va mieux. L'estimable Mme Moulineau te déteste plus que jamais,
mais Mlle Régina t'a rendu son affection et son
estime.

— Grâce à toi, mon bon Paul.

— Laisse-moi parler, dit Paul, en se versant un
verre de bordeaux. Nous avons donc la certitude
que, quoi que fasse et dise ton ennemie, le divorce
n'aura pas lieu...

— Qui le prouve?

— Eh! naïf que tu es, avant de prononcer un divorce, le président est forcé de mettre en présence
les deux époux, sans témoins, entends-tu bien, sans
témoins, c'est-à-dire que ta charmante femme sera
momentanément débarrassée de son épouvantail.

— Et alors?

— Et alors, ou tu n'es qu'un maladroit et un im-
bécile, ou vous sortez du cabinet du président, ta
femme et toi, bras dessus, bras dessous, comme deux
tourtereaux... il n'y aura plus, si vous y tenez, qu'à
vous rendre à l'église...

— Et tu crois, que d'ici-là, la mère de Régina ne

trouvera pas moyen de la circonvenir, de lui faire la leçon, de lui monter la tête? demanda Gaston.

— Si elle t'aime vraiment, non. D'ailleurs, tu penses bien que nous ne resterons pas inactifs... nous avons eu la chance de découvrir du premier coup un messager dévoué et fidèle. Tous les jours tu écriras à Régina; tu l'encourageras à la résistance, tu la prépareras au coup de tête final...

— Si seulement je pouvais la voir!... soupira l'amoureux.

— Tu la verras. J'en fais mon affaire. Mais, pour cela il faut faire le mort, ne donner aucun soupçon au vieux cerbère. N'entendant plus parler de toi, elle ne se méfiera pas et, prévenue par notre ami Pierre, ta femme pourra descendre au jardin et causer avec toi... Ah! ce sera peut-être à travers la grille... Mais ce sera bien plus romanesque, mon vieux, ça sentira son moyen âge!... Henriette et Damon... j'en ris rien que d'y penser.

— Tu es heureux de pouvoir prendre la chose aussi gaiement, toi, fit observer Gaston, avec une grimace.

— Eh! je comprends que ce ne soit pas le comble du bonheur... surtout pour un homme qui s'impatientait d'être obligé d'attendre vingt-quatre heures pour... être réellement le mari de sa femme... mais que veux-tu? Je me résigne bien au rôle de confident, moi. Moi qui avais sollicité et obtenu un congé d'un mois dans le but de me retremper un peu à la bonne existence parisienne. Ce mois de congé, je vais le passer à nouer des intrigues pour le compte de votre amour!...

— C'est vrai, je suis injuste envers ta bonne amitié.

— Voilà donc mon premier moyen, reprit Brébières... il offre ses avantages et ses inconvénients; l'avantage, c'est qu'il te débarrasse de ta peu agréable belle-mère; l'inconvénient, c'est que très probablement dans sa furie, elle déshéritera sa fille et ne vous donnera pas un sou de dot...

— Ça, je m'en moque, s'écria Gaston. J'aime assez Régina pour renoncer à sa fortune. Je dirai plus... je serais enchanté de pouvoir dire hautement que ma femme ne m'a pas apporté un sou...

— A merveille... d'autant plus qu'il y a encore une hypothèse, c'est que la bonne femme qui est sanguine ne meure d'apoplexie avant d'avoir fait son testament...

— Je ne pousse pas la haine jusqu'à désirer cela.

— Tu as tort... et tu n'es pas franc... je parie que depuis hier, tu as souhaité plus de vingt fois la mort de ta belle-mère.

— C'est vrai, dit Gaston, en souriant. Mais on dit cela et...

— Ce serait une belle solution, déclara sérieusement Paul Brébières. Mais, laissons-la de côté et poursuivons... Je t'ai exposé ma première combinaison, je vais t'en soumettre une seconde.

— Ah! tu as un autre plan?

— J'en aurai dix, s'il le faut. Je te garantis qu'avec moi, Mme veuve Moulineau n'a qu'à bien se tenir.

— Et quelle est ta seconde idée?

— Elle marche de concert avec la première. Elle la corrobore et la complète.

— Je t'écoute, dis vite.

— Se remettre en bons termes avec Clotilde.

— Hein! tu plaisantes?

— Pas le moins du monde.

— Mais c'est celle-là que j'étranglerais, si elle me tombait sous la main!

— Et tu aurais tort. Clotilde tient peut-être entre ses mains la clef de ton bonheur futur.

— Elle me l'a prouvé en le détruisant, la drôlesse.

— Justement. Ce qu'elle a défait elle peut le refaire.

— Je ne comprends pas, dit Gaston.

— Tu ne comprends rien aujourd'hui. Je vais te mettre les points sur les i. Clotilde, tu le sais, a été pincée en chemin de fer, se faisant embrasser par un homme...

— C'est de l'histoire ancienne ça.

— Cet homme, poursuivit Paul, elle le connaît ou elle ne le connaît pas.

— C'est clair...

— Et naïf, pourrais-tu ajouter. Attends. Si elle sait son nom, la chose va toute seule. Si elle ne le sait pas elle le cherchera. Nous la rémunérerons en conséquence.

— Et à quoi cela servira-t-il?

— A établir ton innocence d'une façon palpable. Tant qu'on n'aura pas prouvé à ta belle-mère que le satyre du wagon est un autre, elle persistera à croire que c'est toi.

— Et si Clotilde ne veut pas ou ne réussit pas?

— Alors nous reviendrons à notre premier moyen. Mais ce serait si amusant de venir dire à la mère Moulineau : vous avez insulté votre gendre, vous l'avez vilipendé, vous avez raconté sa prétendue mauvaise conduite à tous les gens qui ont voulu vous écouter... Eh bien, vous étiez dans votre tort et il faut maintenant réparer votre injustice. La vois-tu courant à toutes les portes de la rue des Lombards pour avouer qu'elle s'était trompée?...

— Elle ne fera pas cela, dit Gaston en secouant la tête. Et puis, vrai, je n'aurais jamais assez d'empire sur moi-même pour aller demander à Cloclo..

— Eh! si tu ne veux pas y aller, moi j'irai!

— Tu ferais cela?

— Pourquoi pas... Cloclo, comme tu l'appelles, est une fort appétissante fille. Et, puisque, bien entendu, tu renonces à elle...

— Oh! dit Gaston, tu m'en diras tant!...

— Ça égaiera mon mois de congé, corrigea Paul. Mais, ajouta-t-il en humant son café, paie et filons. J'ai hâte de commencer cette nouvelle phase de campagne.

Gaston solda l'addition et ils sortirent.

VIII

CHEZ CLOCLO

Le lendemain matin, ainsi qu'il l'avait promis, Paul Brébières sonnait à la porte de l'ex-maîtresse de Gaston.

Mlle Clotilde Vétillard ocupait, rue de La Bruyère, un entresol, petit mais très coquet et aménagé avec tout le soin qu'apporte à son intérieur une femme élégante. Le salon, d'un Louis XV très réussi, le boudoir du même style, la salle à manger Henri III, la chambre à coucher pompadour étaient autant de petits réduits mignons qui faisaient honneur au tapissier qui les avait fournis.

Une soubrette à la mine éveillée reçut et transmit la carte du jeune officier. Clotilde ne le fit pas attendre et apparut presque aussitôt dans un très galant déshabillé.

Paul, malgré la gravité de sa mission et le souvenir du voyage fait par Cloclo, la veille au soir, en compagnie du commissaire, eut une velléité d'entamer l'entretien sur un ton tout différent de celui qu'il avait projeté... Mais il se contint et il eut d'autant plus de mérite que Cloclo en s'inclinant pour le saluer, avait laissé son peignoir s'entr'ouvrir et dévoiler, pendant une seconde, de fort désirables choses. Il conserva donc, se disant que ce qui est différé n'est pas perdu, un air tout à fait cérémonieux.

— Puis-je savoir, demanda Clotilde, modelant son allure sur celle du visiteur, ce qui me vaut l'honneur de votre visite, Monsieur.

— Mon Dieu, Mademoiselle, dit l'officier, je viens ici tout bonnement en ambassadeur.

— En ambasadeur? demanda encore Clotilde en indiquant un fauteuil à Paul, veuillez vous expliquer, je vous prie.

— Je viens de la part de mon ami Gaston de Courthézon.

— Ah! fit la jeune femme qui rougit légèrement... il est furieux contre moi?

— Convenez qu'il en a un peu sujet.

— Je ne dis pas non. Mais si, comme je le pense, vous êtes au courant des choses, vous reconnaîtrez que de mon côté, j'avais le droit d'être un peu en colère...

— Beaucoup, dit Paul en souriant, et je ne l'ai pas caché à Gaston.

— Ah! vous lui avez dit?

— Que lorsqu'on avait le bonheur de posséder les faveurs d'une personne aussi charmante que vous...

— On la gardait n'est-ce pas?

— Ou tout au moins on prenait des formes pour se séparer d'elle...

— Vous êtes franc, dit Clotilde en riant.

— C'est une qualité qu'on m'a toujours reconnue et je vous avouerai donc franchement que je comprends que Gaston ait redouté l'explication décisive en tête à tête avec une femme aussi jolie, aussi capiteuse, aussi séduisante...

— Allons s'écria Clotilde, en riant plus que jamais, vous voilà en train de me faire une déclaration...

IX

PREMIÈRES ESCARMOUCHES

— C'est pourtant vrai, se dit Paul en lui-même, j'étais parti... Eh! ma foi, puisque j'ai commencé tant pis, ce moyen en vaut un autre.

Et saisissant la main de Clotilde, main qui s'abandonna du reste, de très bonne grâce :

— Et pourquoi le nierais-je? répondit-il d'une voix qu'il s'efforça de rendre émue... Eh bien, oui, ma chère Clotilde. depuis le moment où je vous ai vue là-bas, à Ville-d'Avray, si fraîche, si pimpante sous votre toilette de campagne, si pétillante d'esprit dans vos sarcasmes envers Gaston. depuis ce moment, je n'ai fait que penser à vous... si bien que je n'y ai plus tenu et qu'il a fallu que je vienne contempler de près celle qui, à distance, m'avait si fort émotionné...

— Et maintenant que vous me voyez de près? interrogea coquettement Clotilde.

— Maintenant, je vous trouve plus adorable encore, dit Paul avec feu en attirant à lui Cloclo, et en lui passant son bras autour de la taille...

— Oh! mais vous allez vite en besogne!... s'exclama la jeune femme, sans se dégager toutefois... à la hussarde alors?

— Précisément, répliqua Paul, je suis hussard.

— Ah! ah! ah! c'est drôle rit Cloclo, en se laissant embrasser par l'officier. Mais votre commission?

— Eh! ma commission, je l'oublie, comme Gaston, s'il fût venu ici, vous annoncer son mariage, eût tout oublié pour ne songer qu'à l'adorable créature qu'il eût tenue dans ses bras...

En disant cela Paul resserrait son étreinte et se pencha de nouveau pour embrasser Cloclo.

Mais celle-ci se dégagea vivement et, reculant d'un pas :

— Non, dit-elle, ce serait indigne de votre part, comme de la mienne.

— Mais, puisque vous n'aimez plus Gaston?

— Qui vous a dit cela?

— Après ce qu'il vous a fait.

— Je croyais que vous étiez venu ici pour le défendre?

Paul se mordit les lèvres.

— Enfin, hasarda-t-il, vous allez bien lui donner un successeur?

— C'est possible.

— Alors?

— Alors, qui vous dit que je ne l'ai pas encore choisi?

— Ah! fit Paul un peu décontenancé.

— Voyons, reprit Cloclo, conciliante, ne nous fâchons pas pour un petit malentendu!... Et, continua-t-elle en riant, estimons-nous heureux de ne pas avoir été en chemin de fer... Avec la façon dont vous aviez débuté, nous étions sûrs de notre affaire. Nous n'aurions pas coupé au procès-verbal!

— Le fait est, répliqua Paul, sur le même ton, quoique un peu vexé de l'échec de sa tentative... Le fait est que vous avez dû être bien contrariée.

— Moi? Ah! non par exemple...

— Mais vous disiez?...

— Oh! ce n'est pas la même chose, fit Clotilde en riant. Même si personne ne fût entré dans le compartiment, je vous prie bien de croire...

— Vous dites cela, commença Paul qui avait son idée.

— Je vous jure que c'est la vérité. Je me suis laissée embrasser; et encore, pas de bonne grâce. Mais pour aller plus loin, jamais de la vie!...

— Il n'était donc pas séduisant, votre compagnon de route?

— Pour ça non!...

— Jeune, vieux?

— Plutôt vieux, quoique, je dois l'avouer, très bien conservé et surtout très soigné dans sa toilette.

— Blond, brun? continua Brébières.

— Poivre et sel... mais dites donc, c'est un interrogatoire que vous me faites subir?

— Justement, dit Paul, c'est pour cela que j'étais venu. Seulement dès mon entrée j'ai perdu la tête...

— Le regrettez-vous déjà? fit Clotilde avec coquetterie.

— Si peu, que je suis prêt à la perdre de nouveau, s'écria l'officier en l'embrassant.

— Allons, soyez sage... si vous êtes gentil, on verra plus tard.

— Dans ce cas, permettez-moi de reprendre mes fonctions de magistrat instructeur, dit Paul en riant. Mais, avant d'aller plus loin, il y a une chose importante que je ne pensais pas à vous dire...

— Laquelle?

— Si Gaston ne vous avait pas prévenue de son mariage il ne vous avait pas oubliée néanmoins.

— Vraiment?

— Oui! il me le disait hier matin avant que tous ces événements n'arrivassent. Il comptait vous écrire aussitôt la cérémonie terminée et vous envoyer comme fiche de consolation dix mille francs...

— Ah! maladroite que je suis!... s'écria Cloclo. J'ai tué la poule aux œufs d'or, alors?

— Si vous êtes intelligente vous ne l'aurez que blessée.

— Comment cela? parlez, parlez vite!

— Vous ne tenez plus à empêcher le mariage de Gaston?

— Moi? je m'en fiche comme d'une guigne... surtout maintenant, ajouta-t-elle en lançant à Paul un tendre regard. Au premier moment, dans ma colère, je me suis emballée comme ça. Mais à la réflexion...

— Eh bien, il faudra vous souvenir du monsieur qui a causé toute l'histoire, nous aider à le découvrir, à le retrouver... Alors Gaston sera pleinement justifié, et... il agira comme si l'incident n'eût jamais existé.

— En un mot, si je découvre l'homme du chemin de fer, il me colle mes dix mille balles! s'écria Cloclo avec enthousiasme.

— Immédiatement.

— Saperlipopette!... C'est que je ne le connaissais ni d'Ève, ni d'Adam, moi, ce bonhomme-là!...

— Mais vous pouvez me le décrire...

— Pas trop... je le reconnaîtrais entre mille si je le rencontrais... mais pour faire son portrait...

— Voyez, ma chère amie, dit Paul en tirant sa montre, Gaston m'attend avec impatience. Il faut que j'aille le retrouver, je suis fortement en retard.

— Nous n'avons pourtant pas perdu notre temps, insinua Cloclo avec malice.

— Certes non. Mais je ne peux pas raconter cela à Gaston. Adieu donc! Je cours lui dire que vous êtes toute disposée à servir ses intérêts...

— Ça vous pouvez y compter. Et... si j'avais quelques renseignements à vous donner... où faudrait-il les adresser?

— Je reviendrai tous les jours, dit Paul.

— Rien que pour savoir si j'ai quelque chose à vous dire?...

— Rien que pour cela!

— Menteur! dit-elle en l'embrasant. Allons à de main. Je vais tâcher de réfléchir encore...

— A demain, s'écria Paul qui gagnait la porte... et songez que les dix mille francs sont tout prêts et vous attendent.

— Je tâcherai de ne pas les faire attendre trop longtemps, dit Clotilde en riant. Je fouillerai plutôt tout Paris, maison par maison. Il doit bien demeurer quelque part, cet homme.

— C'est probable. Mais je me sauve. A demain.

— A demain, ami.

Il l'embrassa encore et partit.

— Ma foi, se disait-il en s'en allant, je crois que j'ai pris le meilleur parti. Cloclo est emballée sur les dix mille francs et elle fera l'impossible... Et puis je ne m'embêterai pas pendant mon mois de congé.

X

MONSIEUR ISIDORE ET Cⁱᵉ, DIVORCES A FORFAIT

En se rendant chez Cloclo, Paul Brébières ne s'était pas aperçu qu'il était suivi.

Et celui qui le suivait, qui le « pistait », comme on dit en style de police, n'était autre que « Monsieur Isidore » l'homme indiqué par M. Sauvaget à M. Champdeniers, comme capable de mener à bien l'affaire du divorce de Régina, affaire dont lui, avoué estimé, probe et scrupuleux, ne voulait pas se charger.

« Monsieur Isidore » était un de ces personnages interlopes qui entreprennent les opérations les plus louches, ne reculent devant rien, dansent, comme on dit « sur les marges du code », risquent chaque jour la police correctionnelle et finissent toujours par tomber dans les mains de la justice.

Au physique c'était un petit homme de quarante-cinq ans, brun grisonnant, pas réellement bossu, mais ayant une épaule un peu ambitieuse, la bouche toujours souriante et les yeux ne regardant jamais en face.

— Je me charge de mener l'affaire à bien, pourvu

qu'on ne regarde pas à l'argent, dit-il à M Champdeniers.

Celui-ci lui remit une provision de cent francs et il se mit immédiatement en campagne.

Ayant l'adresse de Gaston, il alla se placer en face de sa porte et le vit rentrer avec Paul. Seulement par une erreur, inexplicable chez un homme comme lui, il confondit les deux jeunes gens et prit Paul pour le pseudo-mari de Mlle Moulineau.

Et, comme si tout se fût concerté pour l'entretenir dans son erreur, la première personne qu'il aperçut, le lendemain matin, en allant prendre sa faction aux abords du domicile de Gaston, fut Paul Brébières.

Il est sorti de bonne heure se dit Isidore, mais je ne le lâcherai pas.

Il ne le quitta pas plus que son ombre, en effet, et c'est ainsi qu'il le vit entrer chez Cloclo. C'est ainsi qu'en tendant l'oreille il entendit l'officier demander Mlle Vétillard et le concierge lui indiquer l'étage et la porte.

— Parbleu, se dit encore l'entrepreneur de divorces, il va revoir son ancienne, celle avec laquelle, quoi qu'ils en disent tous les deux, il a été pincé... Allons l'affaire sera plus facile que je ne le croyais!

Et, allant au télégraphe il envoya à Mme Moulineau une dépêche ainsi conçue :

« Tout va bien, succès presque certain. Vous tiendrai au courant. Isidore. »

XI

A TRAVERS LA GRILLE

Pendant que « Monsieur Isidore » continuait son plan pour faire surprendre en flagrant délit celui qu'il croyait être Gaston de Courthézon, nos deux jeunes gens cherchaient le moyen d'abord de voir Régina, ensuite de la reconquérir sur sa despotique mère.

Vers onze heures, Paul Brébières passait chez Cloclo, qui lui avait promis de surveiller les abords de la gare Saint-Lazare et, si elle apercevait son satyre, de le suivre jusqu'à ce qu'elle sût son nom et son adresse. Puis, il rejoignait Gaston. Ils déjeunèrent ensemble au Terminus, et ils se rendirent à Ville-d'Avray, au Café du Commerce qui était devenu leur quartier général et où Pierre, le jardinier, dès qu'il pouvait s'échapper un moment, venait les tenir au courant de ce qui se passait à la villa Moulineau.

Régina était toujours triste et eût été bien heureuse de voir son mari. Mais Mme Moulineau ne la quittait pas un instant et elle ne pouvait s'échapper.

Cela dura trois jours encore. **Puis, Pierre accourut** très joyeux en disant à Gaston :

— Monsieur le vicomte pourra voir Mlle Régina ce soir et causer avec elle. Madame sera occupée.

— Ah! fit Paul. Et à quoi?

Le monsieur Isidore a écrit qu'il viendrait la voir et s'arranger avec elle pour que tout soit réglé demain matin. Qu'est-ce que ça veut dire, je ne le sais pas. Mais enfin, Mme Moulineau sera occupée à causer avec lui et vous pourrez voir mademoiselle.

— Où cela? interrogea Gaston.

— A la petite grille qui est sur le côté du jardin. Monsieur le vicomte la connaît bien. Qu'il soit là à huit heures, mademoiselle trouvera le moyen d'aller le rejoindre. Mais je me sauve, madame pourrait remarquer mon absence et ça irait mal.

Le jardinier partit au galop. Gaston demanda à Paul.

— Qu'est-ce qu'il peut avoir imaginé cet individu?

— Je me le demande... nous verrons bien. Mais attendons ce soir.

— Ah! que les heures vont me paraître longues!...

Elles lui parurent longues, en effet, malgré les efforts de Paul pour le distraire.

Il ne dîna pas et laissa son ami faire seul honneur au festin que le Café du Commerce avait préparé.

Enfin le moment tant attendu arriva et les deux jeunes gens se dirigèrent vers la villa Moulineau.

A peine y étaient-ils qu'un pas précipité se faisait entendre et ils virent un homme s'arrêter devant la porte.

— C'est le fameux Isidore, dit Gaston. J'ai une envie folle de lui casser les reins.

— Tais-toi, tu as mieux à faire, répondit Paul. Tiens, on ouvre, il entre, tout à l'heure tu verras celle que tu aimes.

En effet, à peine l'entrepreneur de divorces avait-il franchi le seuil de la villa, qu'un pas léger annonçait derrière la grille, l'arrivée de Régina qui guettait le moment favorable.

— Gaston! s'écria-t-elle en tendant la main à travers les barreaux de la grille.

— Ma chère bien-aimée! répondit Gaston.

— Que je suis heureuse de vous voir!

— Bien vrai? demanda-t-il en lui prenant les mains, vous m'aimez donc encore un peu?

— Mais je n'ai jamais cessé de vous aimer... seulement j'ai eu bien du chagrin, allez!...

— Pauvre chérie! Mais vous savez que ce qu'on a prétendu, c'est faux, n'est-ce pas?

— Je le sais, dit Régina en serrant les mains de Gaston, et cela m'a rendu la joie.

— Cher amour, mais qui vous a dit?

— Le billet de votre ami, d'abord, seulement je n'étais pas encore convaincue... après ce que prétendait maman... heureusement on a vu le commissaire...

— On a vu le commissaire? qui? votre mère?

— Non, c'est M. Airvault qui y est allé, et on lui a dit qu'il n'y avait rien contre vous... oh! que j'ai été heureuse!

— Chère âme! s'écria Gaston en couvrant de baisers les menottes qu'on lui abandonnait.

P. L. — ÉPOUSE QUAND MÊME...   3

— Seulement, je ne comprends pas, reprit Régina... D'où est venue toute cette histoire?

— C'est ce que je me demande moi-même. Il y a là-dessous quelque chose d'étrange, et que je cherche en vain à éclaircir.

— Mais cette femme qui vous accusait?

— Je l'avais connue autrefois... oh! il y a long-temps, bien longtemps... Elle n'a cru faire, elle l'a avoué, qu'une mauvaise plaisanterie... seulement il y a l'histoire de cette carte de visite que juste à point nommé, le jour de mon mariage, un individu surpris... dans un moment fâcheux... donne comme étant la sienne!

— Ne serait-ce point un complot?

— C'est ce que je me demande; si quelqu'un, jaloux de mon bonheur, n'a pas inventé cette infernale combinaison.

— Mais qui?

— Eh! le sais-je?... Régina?

— Mon ami?

— Ne vous a-t-on pas déjà fait la cour? N'aurais-je pas supplanté quelque autre prétendant?

— Pas que je sache.

— C'est que cela me guiderait pour chercher le drôle.

— Et qu'en voulez-vous faire? demanda Régina?

— L'amener ici, de gré ou de force, et lui faire tout avouer devant votre mère.

— Oh! maman, elle est si montée contre vous!...

— Et vous, chérie?

Régina ne répondit pas. Mais serrant les deux mains de Gaston, elle se rapprocha tout à fait de la grille... Gaston n'avait qu'un mouvement à faire. Leurs lèvres allaient se joindre en un délirant baiser...

Tout à coup, éclatant comme un coup de tonnerre, la voix de Mme Moulineau vint les faire sortir de leur extase.

— Régina! Régina! appelait-elle.

— Maman! murmura avec terreur la jeune fille en se rejetant vivement en arrière.

— Le diable! grommela Gaston exaspéré. Et ne sachant où fuir, il se colla à plat ventre sur la terre, caché par le mur sur lequel était scellé la grille.

Il était temps, l'altière belle-mère, tournant l'angle de la maison, apparaissait terrifiante.

— Que diable fais-tu donc là? voilà une heure que je te cherche! demanda-t-elle aigrement à sa fille.

— Je... je regardais.

— Quoi? Les fleurs? Tu les connais, je pense. Tu aurais mieux fait d'être avec moi. M. Isidore venait m'annoncer une bonne nouvelle. Demain matin nous irons à Paris et il nous montrera un moyen infaillible d'obtenir le divorce...

— Et si je ne voulais pas, moi? dit Régina, se révoltant.

— Tu voudras quand tu auras vu.

— Quoi donc?

— Je te réserve la surprise... la preuve que ton Gaston n'est qu'un imposteur, un débauché, un satyre, quoi!...

Et Mme Moulineau rentra dans la maison, suivie de Régina anxieuse.

— Qu'ont-ils donc trouvé encore? se demandait-elle.

Et elle passa une nuit sans sommeil, partagée entre la crainte et l'espoir.

Gaston, ivre de joie, lui, alla rejoindre Paul Brébières.

En rentrant il trouva ce billet de son oncle le chevalier :

« Mon cher neveu, les médecins me disent que ma maladie sera longue et difficile à guérir. Ils me conseillent de partir sans retard pour Dax où je prendrai des bains de boue. J'obéis; une fois là-bas, je t'enverrai mon adresse. »

— Bon, dit Paul, si ta femme se décide à fausser compagnie à sa chère maman, tu auras un endroit convenable pour lui donner asile.

XII

GRAVE ÉCHEC DE Mme MOULINEAU

Le lendemain matin, à onze heures, Mme Moulineau débarquait à la gare Saint-Lazare, suivie de sa fille, de plus en plus anxieuse et escortée par ses fidèles MM. Airvault et Champdeniers.

« Monsieur Isidore » les attendait.

— Tout continue à aller comme sur des roulettes, dit-il en se frottant les mains. Voilà l'heure où M. de Courthézon va faire sa visite quotidienne à sa complice. Un de mes amis guette à la porte et nous avertira. D'autre part, le commissaire de police, prévenu et requis, est prêt à constater le flagrant délit. Venez, dans dix minutes la chose sera faite...

Le cortège se dirigea vers la rue de La Bruyère.

Un homme d'assez mauvaise mine faisait les cent pas devant la maison de Cloclo.

— Eh! bien? interrogea « Monsieur Isidore ». -
— Il est là, répondit l'homme.
— Alors, allez prévenir le commissaire.

Paul Brébières venait d'arriver, comme chaque matin, chez Clotilde, pour savoir si elle avait découvert quelque chose

Il avait à peine échangé avec elle quelques paroles, qu'on sonna violemment à la porte.

— Qui est-ce qui se permet de carillonner ainsi? s'écria la jeune femme. Il va être bien reçu celui-là!

La bonne revenait toute ahurie.

— Madame, dit-elle, c'est une demi-douzaine de personnes, à la tête desquelles est un monsieur qui a une écharpe tricolore qui veut entrer, à ce qu'il prétend « au nom de la Loi ».

— Un commissaire de police!... s'écria la jeune femme stupéfaite... Quel crime m'accuse-t-on donc d'avoir commis? Ah! ma foi, ça va être drôle. Faites entrer.

Le commissaire, ceint de son écharpe, puis son secrétaire, Isidore, Mme Moulineau, Régina et MM. Airvault et Champdeniers, pénétrèrent dans le salon.

— Eh bien! que disais-je? s'écria « Monsieur Isidore », triomphant.

Le commissaire s'adressa à Paul.

— Vous êtes bien, demanda-t-il, M. Gaston de Courthézon?

— Moi? pas le moins du monde, répliqua Paul en haussant les épaules. Je me nomme Paul Brébières, je suis officier de cavalerie en congé régulier à Paris... Vous en faut-il les preuves?

Le commissaire se tourna vers Mme Moulineau.

— Est-ce vrai, madame? interrogea-t-il.

— C'est vrai, répondit la mère de Régina, très embarrassée. Monsieur est, en effet, M. Brébières, mais il est l'ami de M. de Courthézon qui doit être ici caché quelque part... Faites une visite domiciliaire...

— Hum! ce serait peut-être outrepasser mes droits. Mais, vous, monsieur, ajouta le magistrat en s'adressant à Isidore, vous qui nous avez requis, qu'avez-vous à dire?

— Mon Dieu, balbutia l'entrepreneur de divorces, j'ai à dire que je me suis trompé. J'ai pris ce monsieur pour M. de Courthézon... Je lui demande pardon de mon erreur et je m'excuse de tout le dérangement que cette erreur cause ici...

— Vous auriez pu tout au moins vous renseigner mieux, espèce de mal bâti! s'écria l'irascible Cloclo... Et d'abord, commencez par tourner les talons et nous délivrer de votre désagréable présence... Quant à vous, Madame, ajouta la jeune femme en se tournant vers Mme Moulineau, vous seriez bien aimable de déguerpir avec votre cortège... Je n'en dirai pas autant de cette charmante demoiselle à qui je fais toutes mes excuses de ma brutale franchise envers sa société, car elle seule est innocente dans cette aventure...

— Mais, hasarda Régina, M. de Courthézon?...

— Je n'ai pas revu M. de Courthézon depuis le jour où le rencontrant chez le commissaire de Ville-d'Avray, j'ai eu la mauvaise idée de lui faire une farce stupide; car, je le jure ici par ce que j'ai de plus sacré au monde, il n'a été pour rien, absolument pour rien, dans l'aventure du wagon...

— Oh! merci, madame, merci! s'écria Régina.

— Vous pouvez l'aimer de tout cœur, reprit Cloclo, car il vous aime sincèrement, lui.

— Je puis l'affirmer, appuya Paul Brébières, et si vous me voyez ici, c'est parce que mademoiselle s'est chargée de retrouver l'homme, cause de tous ces ennuis, et que je viens chaque jour prendre des nouvelles.

— En voilà assez, interrompit le commissaire, nous n'avons plus rien à faire ici... Mademoiselle, toutes mes excuses...

— Il n'y a pas de votre faute, monsieur. Mais, puisque vous partez, emmenez donc toute cette bande. J'en ai assez de les avoir vus.

Le commissaire salua et sortit avec son secrétaire. Isidore avait déjà dégringolé les escaliers. Mme Moulineau, sa fille, MM. Champdeniers et Airvault sortirent ensuite.

Mme Moulineau était navrée. Régina rayonnait de bonheur.

. . . . , , , , , , , .

La sortie fut plutôt triste. Isidore voyait lui échapper le gros bénéfice qu'il avait espéré avoir dans cette opération. Mme Moulineau, elle, perdait sa vengeance.

Elle se sépara des autres, appela un taxi et se rendit avec sa fille à Ville-dAvray.

— Maintenant, quel parti allons-nous prendre? demanda-t-elle à Régina quand elles furent rentrées à la villa.

— Mais il me semble, maman, que puisque Gaston est innocent...

— Il faudrait faire amende honorable, n'est-ce pas? Mais tu veux donc que tout le monde se moque de nous? que nous soyons la risée générale? Car, ce commissaire de Ville-d'Avray, cette créature qui nous a insultées vont s'empresser de tout raconter... non, non, il faut partir;

— Partir? sécria Régina stupéfaite.

— Oui. J'ai mon idée. En rentrant tout à l'heure nous allons faire nos préparatifs et dans deux jours nous partons à Aix-les-Bains. C'est un endroit charmant. Tu t'y distrairas et nous laisserons aux mauvaises langues le temps de se fatiguer...

— Mais, maman...

— Assez, j'ai décidé; maintenant couchons-nous.

— Soit, dit Régina. D'ici à demain je trouverai bien le moyen d'avertir Gaston.

A dix heures du matin, en effet, le chasseur du Terminus apportait à M. de Courthézon une petite lettre d'une écriture bien connue.

« Mon Gaston chéri, disait Régina, on m'avait menti. Pardonne-moi; je t'aime toujours. Maman veut m'emmener de force à Aix-les-Bains. Nous partons après-demain. Viens vite nous y rejoindre. Ta Régina. »

Gaston bondit, enfonça son chapeau sur sa tête, prit sa course et tomba comme un aérolithe chez

Paul Brébières qui, n'étant pas amoureux, lui, était encore au lit.

— Victoire! cher ami, s'écria-t-il, en entrant. Tout est sauvé!

— Hein? quoi? dit Paul abasourdi. La mère Moulineau capitule?

— La mère Moulineau? Je me fiche pas mal d'elle... Régina m'aime toujours... Elle me l'a écrit. Elle m'invite à aller la retrouver.

— La retrouver? Où cela? A Ville-d'Avray?

— Non. A Aix-les-Bains où sa mère l'emmène... Nous partons ce soir, hein?

— Ah! mais non... Aix-les-Bains! Tu n'y penses pas. Une belle histoire. Et qu'y ferons-nous à Aix-les-Bains? La vieille mégère ne la quittera pas plus que son ombre... Il y a mieux, mon vieux. Veux-tu m'écouter?

— Parle. Tu sais que j'ai toujours suivi tes conseils.

— Et tu t'en es bien trouvé. Voyons, causons posément et n'embrouillons pas les choses. Quand ta femme et sa mère doivent-elles partir?

— Après-demain, me dit Régina dans son billet.

— Bon. Eh bien, mon ami, il faut que nous enlevions ta femme d'ici là.

— Oui, tu as raison, s'écria Gaston. Lève-toi vite et allons la chercher.

— Ta, ta, ta!... Te voilà reparti. Tu veux aller comme cela à la villa Moulineau... dire : « Me voilà, je viens réclamer ma femme »... Et tu t'imagines que

ta belle-mère te répondra avec un bon sourire :
« Mais, faites donc, ne vous gênez pas. »

— Mais puisque Régina sera consentante!

— Oui, quand son cerbère n'est pas là. Mais, en te voyant, la mère Moulineau poussera des cris de paon, ameutera tous les voisins qui grâce à ses cancans, sont persuadés que tu es un vampire... Nous serons obligés de livrer bataille et, terrifiée, Régina se dédira.

— Alors, quelle est ton idée?

— Bien plus simple. Nous sommes en plein roman, mon ami, agissons d'une façon romanesque... Enlevons Régina.

— Tu me l'as déjà dit. Mais, comment?

— Voilà. Je pars tout à l'heure pour Ville-d'Avray et je me rends au cabaret où nous avons déjeuné... Je trouve le moyen de faire prévenir ce brave Pierre le jardinier qui nous est tout dévoué. Je lui donne mes instructions. Que Régina fasse semblant d'être enchantée d'aller à Aix, qu'elle cajole au besoin sa charmante maman... mais qu'au lieu de se coucher, qu'elle se tienne prête à partir avec nous...

— Bien. Après?

— Pendant que je serai là-bas, prémunis-toi d'une bonne automobile. Cela vaudra mieux que le landau de l'autre nuit. Elle s'arrêtera à distance... Et, une fois ta femme sortie de sa prison, nous filerons à toute vitesse... Ça va-t-il?

— A merveille. Mais si nous allions échouer comme la première fois?

— Nous n'échouerons pas... Tu sais bien qu'il y a

un Dieu pour les amoureux... Jusqu'à présent, il ne vous a pas protégés... Il vous doit une revanche...

En causant ainsi, Paul s'était habillé. Il prit son chapeau, sa canne et, serrant la main de Gaston :

— Je pars, dit-il. À tout à l'heure et bon courage.

———

XIV

COMME DANS LES ROMANS

La démarche de Paul eut un plein succès.

Rendu ingénieux par l'appât des billets de cent sous, Pierre, se doutant qu'il y aurait encore ce jour-là, quelque bon pourboire à gagner, avait imaginé d'aller au bourg, faire repasser sa serpe qui ne coupait plus, disait-il.

Et, quand Paul sortit de la gare, il aperçut le jardinier rôdant d'un air innocent.

Il lui donna ses instructions. Pierre lui promit
de lui rapporter une réponse avant une heure « en
revenant chercher sa serpe aiguisée ».

L'heure n'était pas encore écoulée qu'il reparaissait, l'air joyeux :

— Ça a été tout seul, dit-il, Mme Moulineau est
affairée à empiler du linge et des robes dans une
grande malle. Jai pu causer facilement avec Mlle Régina.

— Et la réponse!

— C'est convenu. Elle montera de bonne heure
se coucher, en disant qu'elle a mal à la tête. Aussitôt que sa mère sera couchée elle aussi, elle des-
cendra dans le jardin.

— Et pour ouvrir la grille?

— Je tâcherai de chiper la clef. Fiez-vous à moi.

Paul glissa dans la main du jardinier la coupure
de cinq francs réglementaire et revint rapporter la
bonne nouvelle à son ami.

Celui-ci n'avait pas, lui non plus, perdu son temps.
L'automobile était retenue, une bonne limousine,
solide et confortable, incapable d'une panne, garan-
tissait le chauffeur.

— Parfait, dit Paul. Maintenant, j'ai encore réflé-
chi. Comme nous ferons l'expédition en pleine nuit,
il ne faut pas aller trop loin, pour ne pas fatiguer
Régina. Chez toi, c'est impossible, cela l'offusquerait.
Mais je connais un petit nid d'amour adorable, en
pleine forêt de Fontainebleau, où vous serez admira-

blement, pour jaser sous les arbres au feuillage tra-
versé par les flèches d'or du soleil.

— Et cela se nomme?

— Justement le Soleil-d'Or, à Barbizon. Je connais
le propriétaire. J'y suis déjà allé. Je vais, si cela te
convient, lui télégraphier pour retenir deux chambres une pour vous, une pour moi.

— Trois, fit observer Gaston... Une pour Régina,
une...

— Ah! dit Paul... c'est bon... Eh bien, je comman-
derai trois chambres... mais je préciserai qu'il y en
ait deux qui soient contiguës avec une porte de
communication...

— Fou! murmura Gaston en haussant les épaules.

— Tu m'en remercieras! s'écria Paul en riant.
Vite, je cours au télégraphe. Mais, à propos, si je
prévenais Cloclo? La brave fille est maintenant notre alliée. Elle serait vexée de ne pas être au courant.

— Fais ce que tu voudras, mais hâte-toi.

— Un zèbre, un vrai zèbre.

Paul courut au télégraphe, donna ses instructions
et reçut une réponse satisfaisante. Puis il se rendit
rue de La Bruyère où il trouva Clotilde en joyeuse
humeur.

Il lui fit part de la décision prise par Régina, et il
lui expliqua le projet formé par Gaston et lui.

— Épatant! s'écria Cloclo... la vieille va en écla-
ter de fureur... Mais, dites donc, une idée. Si j'allais un peu veiller au grain?

— Soit, répondit Paul, mais pas un mot. Une
indiscrétion ferait tout manquer.

— Soyez tranquille. Je ne bouge pas et, demain matin à la première heure, je suis là-bas... Je me promets de me payer une tranche de bon temps.

— Au revoir, alors.

— Au revoir.

Paul serra la main de Cloclo et se retira, non sans un soupir de regret.

* *

Onze heures du soir. L'automobile glissant dans la nuit sombre, s'approchait du mur de clôture de la villa Moulineau.

Paul descendit le premier et fit entendre un léger sifflement.

A ce signal répondit un « hum » vigoureux et, dans l'ombre épaisse, on aperçut la silhouette de Pierre, se dessinant sur la grille.

Paul s'approcha.

— Eh bien? interrogea-t-il, à voix basse.

— Tout va comme sur des roulettes, répondit le jardinier. Mme Moulineau, fatiguée d'avoir, toute la journée, empilé ses affaires dans des malles, dort comme une marmotte et ne se doute de rien.

— Et Mlle Régina?

— Elle est prête, en costume de voyage, dans sa chambre. Elle n'attend que le signal.

— Bon. Alors, ouvrez la grille et allez la prévenir.

— Euh! fit le jardinier, en prenant un air embarrassé, c'est que, pour la grille, Mme Moulineau a gardé la clef. Je n'ai pas pu remettre la main dessus.

— Alors, comment faire?

— Attendez. J'ai eu une idée. Il y avait dans la cuisine un escabeau, bien commode, qui est juste de la hauteur du mur... je l'ai descendu dans le jardin.

— Ah! ah! fit Paul, rassuré.

— Mademoiselle montera là comme sur un escalier. Une fois sur le mur, dame, vous trouverez bien moyen de la faire descendre.

— Certes oui... alors, courez vite prévenir Régina. Nous n'avons pas une minute à perdre.

A pas feutrés, Pierre rentra dans la maison. Cinq minutes plus tard, il reparaissait suivi de Régina qui, pour tout bagage, portait à la main un petit sac.

— Par ici, mam'zelle, dit-il, en se dirigeant vers l'autre extrémité du jardin. Et vous, monsieur Paul, faites le tour.

Régina le suivit. Paul contourna le mur avec Gaston qui, impatient, était venu le rejoindre.

— Là, montez, disait à Régina le brave jardinier. N'ayez pas peur de poser votre petit pied. C'est solide...

Régina atteignit bientôt le sommet du mur.

— Laisse-toi tomber, chérie, s'écria Gaston, plus haut qu'il n'eût fallu en pareil moment. Mais il ne songeait plus à la prudence.

Régina, courageusement, sauta. Gaston la reçut dans ses bras.

— Maintenant dit Pierre, en apparaissant à son tour sur la crête du mur, je vais aller reporter l'escabeau à sa place. Et ni vu, ni connu. Bonsoir, monsieur.

— Attendez, dit Paul en levant le bras et en tendant au jardinier complaisant non plus une coupure de cinq francs, mais un billet de cinquante francs.

— Pierre eut un geste d'attendrissement.

— Et dire que je ne reverrai plus ces messieurs, gémit-il.

— Si, mon brave Pierre. Soyez tranquille, nous n'oublierons pas le service que vous nous avez rendu.

Régina avait été portée, plutôt que conduite par Gaston dans l'automobile. Paul se hâta de les rejoindre, pendant que serrant avec amour son billet dans sa main, Pierre redescendait dans le jardin.

On mit le moteur en marche et l'on partit à fond de train.

XV

AU SOLEIL D'OR

Sept heures du matin. A l'auberge du *Soleil d'Or*, à Barbizon, le personnel était en plein travail, lavant, brossant, époussetant, lorsqu'on vit apparaître dans la grande salle, un monsieur d'un certain âge bien pincé, bien pommadé, tiré, comme on dit, à quatre épingles, en lequel nos lecteurs n'eussent eu aucune peine à reconnaître l'élégant chevalier d'Aumagne.

Il paraisait tout guilleret ce matin-là et brandissait son stick à pomme d'or d'une façon tout à fait Régence.

— Déjà levé, Monsieur? lui dit, surpris, l'hôte qui surveillait le travail.

— Eh oui, répliqua le chevalier. Le poète n'a-t-il pas dit « Quand on fut toujours vertueux, on aime à voir se lever l'aurore »? La vertu n'a pas toujours été mon guide, mais en ce lieu agreste, l'aurore a pour moi des charmes attirants. Mais, dites-moi, mon cher hôte, pourquoi tout ce remue-ménage?

— Ah! Vous ne savez pas, c'est qu'il m'est arrivé cette nuit des voyageurs.

— Bah! Et quels voyageurs, que vous faites tant de frais?

— Oh! des gens chics. Deux messieurs et une dame.

— Une dame! s'écria le chevalier dont l'œil pétilla, est-elle jolie?

— Ravissante!

— Eh, eh! voilà qui va jeter un peu de gaieté dans notre existence monotone. Il me tarde de faire connaissance avec mes nouveaux voisins.

— Vous allez être bientôt satisfait, dit l'hôte, car je les entends remuer. Ils se lèvent et probablement, ils vont sortir de leurs chambres.

— Alors je ne bouge pas, je ne veux pas perdre le coup d'œil.

A ce moment une porte s'ouvrit et, à sa grande surprise, le chevalier vit apparaître, qui? son neveu Gaston!

Il faillit en tomber à la renverse.

L'étonnement ne fut pas moins grand chez Gaston qui s'écria :

— Vous ici, mon oncle!

— Eh! oui, répondit le chevalier, ne perdant pas la tête, les eaux de Dax ne me valaient rien. Le médecin m'a conseillé de me réfugier dans une retraite calme. Et j'ai choisi ce charmant endroit, à la fois frais et ensoleillé. Je m'y trouve à merveille et j'y renais à vue d'œil. Mais toi-même?

— Oh! moi, dit Gaston, c'est tout autre chose. Ce serait trop long à vous raconter. Et il faut que j'aille rejoindre ma femme.

— Ta femme! Elle est ici?

— Mais oui, dit Gaston qui s'amusait de la surprise du bonhomme.

— Tu es donc raccommodé avec ta belle-mère?

— Au contraire... mais, pardon, j'entends Régina qui m'appelle; je ne veux pas la faire attendre.

— Et Gaston rentra précipitamment, laissant le chevalier abasourdi.

— Qu'est-ce que c'est que cette histoire? se demanda-t-il. Enfin, j'ai adroitement expliqué mon séjour ici. Tout va donc bien. Il ne me reste qu'à attendre ce qu'eux auront à me dire.

Et, songeant que Régina allait bientôt apparaître, il courut à la glace, s'assura que son faux toupet était bien d'aplomb, que sa cravate était droite, se pinça le bas des oreilles pour les rendre rouges et satisfait de son examen, se campa de pied ferme pour la rencontre.

Elle ne se fit pas trop attendre. Gaston reparut bientôt le bras passé autour de la taille de sa femme. Paul Brébières les suivait, la cigarette aux lèvres.

— Quelle joie, quelle félicité; ma charmante nièce! s'écria le chevalier en se précipitant vers Régina. Vous ne sauriez croire combien je bénis le ciel qui m'a conduit en ces lieux que vous deviez embellir de votre présence!

— Je suis bien heureuse de ce hasard, moi aussi, répondit la jeune femme avec un sourire gracieux... Mais embrassez donc votre nièce...

— Comment donc, mais avec transport, si...

Le chevalier planta deux gros baisers sur les joues un peu pâlies de Régina. Puis, se tournant vers Paul :

— Vous m'excuserez, n'est-ce pas, cher monsieur..., les devoirs de famille avant tout.

Il lui tendit la main que le jeune officier serra en disant :

— Je suis enchanté de voir que vous vous portez tout à fait bien et que vous êtes délivré de ces vilaines névralgies...

— Oh! radicalement... je me sens rajeuni de vingt ans.

— Alors tout est pour le mieux et nous trouverons en vous un agréable compagnon de promenade, pendant les quelques jours que nous comptons rester ici.

— Certes oui... et infatigable..., Oui, jeune homme, je parie vous lasser à la marche.

— Je n'en doute pas, répondit sérieusement Paul qui, au fond, s'amusait énormément des vantardises du bonhomme.

— Je commence déjà à connaître la forêt, reprit celui-ci. Je vous guiderai dans les plus jolis endroits, le rocher d'Avon, la grotte du Serment, le fort des Moulins, les gorges d'Apremont, la Tillaie...

Il fut interrompu par l'arrivée d'une automobile qui vint s'arrêter en face de l'hôtel. Une femme en descendit ou plutôt en sauta en criant.

— Alerte! la mère Moulineau me suit avec une escorte d'estafiers!

En reconnaissant cette femme qui n'était autre que notre amie Cloclo, le chevalier d'Aumagne fit un bond en arrière.

— Que dites-vous? s'écria Régina qui se serra craintivement contre son mari.

— La vérité. Dans dix minutes, Mme Moulineau sera ici.

— Oh! mon ami, j'ai peur!... fit Régina.

— Rassure-toi, chérie. Ta mère n'a aucun droit de te faire des ennuis. Mais, si tu crains le premier mouvement de sa colère, retire-toi une minute. Mon oncle va t'emmener... Mais où donc est-il?

Il regarda en vain autour de lui. Le chevalier avait disparu.

— Il était si bien guéri tout à l'heure, dit Paul en riant.

— Voilà qui est étrange, fit Gaston.

Et, comme Régina semblait tout à fait mal à l'aise Gaston lui prit le bras et, avec l'aide de Paul, il la conduisit dans sa chambre.

Cloclo les avait suivis, offrant ses services.

— Je vous remercie infiniment, lui dit Régina, mais mon malaise se passe... Et puisque l'occasion s'en présente, permettez-moi de vous exprimer ma gratitude pour l'intérêt que vous portez à mon mari et à moi.

— Alors, vrai, demanda Cloclo, vous ne m'en voulez pas?

— Du passé? Non. Il est effacé. Je ne veux connaître que votre gentillesse du présent.

Et elle lui tendit la main.

— Ça, s'écria Cloclo, c'est épatant... Et pour ce que vous faites là, ajouta-t-elle en serrant la main qui lui était offerte, on se fera couper en morceaux!

Elle sortit de la chambre.

— Charmante petite femme, continua-t-elle, jamais de la vie, je ne pourrai croire que c'est la fille de la mère Moulineau... Avec ça, c'est moi qui vais la recevoir, la vieille... Eh bien! ça va être drôle... Non, mais ce qu'on va s'amuser!...

Un bruit léger, celui d'une porte qu'on ouvrait avec mille précautions, la fit retourner.

Dans l'entre-bâillement de cette porte s'était glissée une tête qui d'un regard inquiet, scrutait les environs.

Bien qu'elle fut entourée d'un foulard qui la cachait à moitié, Cloclo reconnut cette tête.

C'était celle du voyageur qui, dans le train de Ville-d'Avray avait voulu l'embrasser malgré elle!...

XVI

TOUT EST BIEN QUI FINIT BIEN

— Mon satyre! s'écria Cloclo.

Le chevalier, car c'était lui, essaya de rentrer mais la main vigoureuse de Cloclo le cramponna et le fit avancer.

— Je vous en prie, murmura-t-il, silence!

— Pas avant que vous ne m'ayez expliqué ce que c'est que toute cette histoire, dit la jeune femme. Qui êtes-vous? Comment vous trouvez-vous ici? Et comment avez-vous donné au contrôleur la carte de M. de Courthézon?

— Plus bas, je vous en supplie, dit le pauvre chevalier qui semblait près de se trouver mal, je vais tout vous dire.

— Allez-y, et pas de blagues ou j'appelle ces messieurs dont vous me paraissez avoir une sainte frousse.

— Eh bien, voilà, avoua le chevalier, je suis l'oncle de Gaston.

— Et c'est pour ça que vous lui avez fait cette sale farce?

— Je vous jure, c'est sans le vouloir. J'ai pris une carte au hasard dans mon portefeuille et le malheur a voulu que ce soit la sienne.

— Turlututu! Du reste, que ce soit vrai ou non, il y a une chose bien simple, c'est de tout dire à la mère Moulineau pour qu'elle n'accuse plus son gendre.

— Je ne l'oserais jamais.

— Mais je l'oserai, moi, et pas plus tard que tout de suite.

À ce moment, Paul, sortant de la Chambre, aperçut la scène, et s'arrêta pour écouter. Le chevalier qui ne l'avait pas vu, tomba aux genoux de Cloclo en s'écriant .

— Ne me dénoncez pas, je vous épouse.

Cloclo éclata de rire.

— Faudrait savoir d'abord si vous êtes un parti potable, interrogea-t-elle,

— J'ai douze mille livres de rentes.

— Vrai? Alors embrassez votre épouse, cette fois ça vous est permis! s'écria la jeune femme en riant.

Le chevalier n'eut pas le temps de profiter de la permission, car l'entretien fut brusquement interrompu par un formidable son de trompe. C'était Mme Moulineau qui arrivait, avec « Monsieur Isidore », Airvault et Champdeniers.

— Quel joli trio! s'écria l'irrévérencieuse Cloclo.

Isidore mit le premier pied à terre et offrit galamment la main à Mme Moulineau qui descendit lourdement. Les deux amis vinrent ensuite.

— Ma fille; où est ma fille? glapit Mme Moulineau en se précipitant dans l'hôtel.

— Ne criez pas si fort, elle n'est pas perdue, dit Paul en apparaissant.

— Ah! vous voilà, vous, le complice de ce ravisseur! Vous êtes responsable comme lui. Bandit, rendez-moi ma fille!

— Allons, allons, ma chère dame, dit Paul en riant, calmez-vous, je vous prie. Pas de scandale, Mme de Courthézon est ici avec son mari et personne n'a le droit de venir les troubler dans leur quiétude.

— C'est ce que nous verrons! rugit Mme Moulineau... Ma fille, ma pauvre enfant, a été victime d'un rapt et...

— D'un rapt! dit Paul en éclatant de rire. Vous appelez ça un rapt, la partie de campagne que font deux époux légitimes?

— Ce misérable n'est pas son époux? s'écria l'ancienne droguiste.

— Non? Allez donc dire ça à M. le maire de Ville-d'Avray, qui les a solennellement unis devant quatre témoins qui sont ici présents. N'est-ce pas vrai, Monsieur le chevalier? demanda le jeune homme en se tournant vers d'Aumagne.

— Le fait est, balbutia celui-ci, que... à la mairie...

— Mais, parlez donc, vous! dit Mme Moulineau, en poussant Isidore... Confondez-les donc, avec la loi...

— Il s'agit avant tout de savoir, commença « monsieur Isidore »... si Mme de Courthézon...

— Je vous défends de l'appeler ainsi! interrompit Mme Moulineau.

— Si Mlle Moulineau, Régina, fille mineure et, par conséquent encore sous la tutelle de sa mère, a suivi de bon gré le ravisseur, ou si elle a été victime d'une violence... Dans ce dernier cas...

— Dans ce dernier cas, comme dans l'autre, s'écria Cloclo exaspérée, défie-toi, le mal bâti de recevoir de M. Gaston, une de ces corrections comme en méritent les drôles de ton espèce.

— Modérez vos expressions! crut devoir dire Isidore en prenant un air digne.

— Oui, espèce de louchon, prends garde. Tu as déjà un œil au beurre noir; je vais mettre l'autre en harmonie!

Isidore se réfugia prudemment derrière Mme Moulineau.

— Je méprise vos insultes, prononça-t-il noblement une fois en sûreté; partant de si bas, elles ne sauraient m'atteindre.

— Et ça, ça ne saura-t-il t'atteindre? s'écria Cloclo, en s'avançant, la main levée...

Mais Paul lui arrêta le bras et s'adressant à Mme Moulineau.

— Votre fille va vous répondre elle-même, madame, dit-il, car je l'entends qui viens avec son mari.

En effet la porte s'ouvrait et Régina apparaissait appuyée au bras de Gaston.

Elle était encore un peu tremblante, un peu pâle, mais elle avait le sourire sur les lèvres.

— Te voilà, malheureuse enfant! s'exclama l'ancienne droguiste, viens, viens te réfugier sur le cœur de ta mère qui, rempli de tendresse et d'indulgence, te pardonnera ton étourderie.

Elle lui tendait dramatiquement les bras. Régina eut un geste de refus.

— Ma mère, dit-elle d'une voix ferme, j'aime l'époux que j'ai choisi, je l'ai suivi librement, je désire à l'avenir n'avoir d'autre appui que lui.

— Ah! c'est ainsi, fille dénaturée! hurla Mme Moulineau cramoisie. Eh bien, ce n'est pas fini, nous plaiderons... Et pour commencer je vais aller chercher le garde champêtre, le maire, le commissaire pour te faire arrêter....

— Vous auriez tort, madame, dit Paul. Le mieux que vous ayez à faire, c'est d'accepter la situation telle qu'elle est et sans récriminer.

— Eh bien, s'écria Mme Moulineau, puisque c'est ainsi...

— Mère! implora Régina... voulez-vous m'empêcher d'être heureuse?

— Petite effrontée, je te déshérite!

— Voilà qui m'est bien égal, dit Gaston.

— Cette dot de cent mille francs que j'avais promise à ma fille, vous ne l'aurez pas.

— Eh! fit observer Paul, vous oubliez, chère madame, une chose essentielle, que j'ai apprise de mon ami Gaston lorsqu'il m'a annoncé son mariage...

— Quoi donc?

— Que feu M. Moulineau, avec qui vous étiez mariée sous le régime de la communauté légale, étant décédé laissant trois cents et quelques mille francs, votre fille Régina, émancipée par son mariage, a droit à la moitié!

— Ce n'est pas vrai! hurla Mme Moulineau affolée.

— Ce n'est donc plus cent mille, mais cent cinquante mille francs que vous aurez à verser à votre gendre.

— Ah! c'est trop fort, s'écria Mme Moulineau hors d'elle. Je donnerais la moitié de ma fortune à ce monsieur, moi. Ah! non, non, mille fois non!...

— C'est pourtant ainsi, répliqua froidement Paul.

— Eh bien, soit. Mais pour le reste, vous n'en aurez pas une bribe... pas une bribe entendez-vous; car, moi aussi je vais me marier... oui j'épouse... tenez, j'épouse monsieur, ajouta-t-elle en se tournant vers Isidore, s'il y consent.

L'entrepreneur de divorces demeura un instant indécis... Les charmes de la veuve le séduisaient médiocrement. Mais il fit un rapide calcul. Il se dit qu'avec les cent cinquante mille francs qui restaient à Mme Moulineau, il pourait acheter une étude... Le fauteuil patronal lui apparut au milieu d'un nimbe d'or...

— J'accepte avec bonheur, madame, s'écria-t-il.

— Enfin, je trouve une âme qui comprend mon âme, s'exclama l'ancienne droguiste en se laissant aller dans les bras de « Monsieur Isidore ».

Le chétif bonhomme ne s'était pas préparé à ce choc... Il fléchit et sans Paul qui le soutint à temps, il se serait écroulé avec son fardeau.

— Ce n'est pas possible, maman, c'est de la folie! disait Régina stupéfaite.

Mais l'impitoyable Cloclo, s'avançant, déclara :

—C'est touchant, émotionnant. J'en ai la larme à l'œil. Ah! il avait bien raison, le póète qui a dit :

Il faut des époux assortis
Dans les liens du mariage

— Drôlesse! hurla Mme Moulineau en se redressant.

— Vos injures ne sauraient m'atteindre, continua Cloclo, en parodiant l'entrepreneur de divorces... D'ailleurs, il faudra, chère madame, que nous fassions bientôt la paix, car je vais entrer dans votre famille.

— Que dit-elle? demanda Gaston.

— L'exemple de l'estimable maman Moulineau me décide dit Cloclo. Moi aussi je vais convoler. Mesdames et messieurs, j'ai l'honneur de vous annoncer mon mariage avec votre parent et ami, M. le chevalier d'Aumagne!

— Ah! ma foi, sécria Paul ébahi, voilà le bouquet.

— Comment mon oncle? interrogea Gaston.

— Eh! oui, dit Cloclo, voilà longtemps que nous nous aimons. N'est-ce pas chéri?

— Parfaitement, parfaitement, balbutia le chevalier... je connaissais mademoiselle... j'avais pour elle une affection et une estime...

— Justifiées, interrompit Paul avec un grand sang-froid.

— Justifiées, oui, j'ose le dire... Alors... alors,,, Enfin, je l'épouse quoi?

— Dites donc? Et moi? demanda tout bas Paul
Brébières, en tirant Cloclo par sa manche.

— Ah! mon cher, répliqua-t-elle, voilà bien longtemps que je rêve de redevenir une honnête femme.
J'en trouve une fois l'occasion, ne me la faites pas
manquer!...

FIN

Pour paraître samedi prochain :

AH ! TON PASSÉ !

Par Jean-Louis MORGINS